中华先锋人物
故事汇

# 路遥
## 黄土地里"长"出来的作家

LU YAO
HUANGTUDI LI ZHANG CHULAI DE ZUOJIA

王兆胜 著

党建读物出版社　接力出版社

## 图书在版编目（CIP）数据

路遥：黄土地里"长"出来的作家 / 王兆胜著.—南宁：接力出版社；北京：党建读物出版社，2022.12
（中华人物故事汇. 中华先锋人物故事汇）
ISBN 978-7-5448-7899-9

Ⅰ.①路… Ⅱ.①王… Ⅲ.①传记小说-中国-当代 Ⅳ.①I247.5

中国版本图书馆CIP数据核字(2022)第166254号

## 路遥——黄土地里"长"出来的作家
王兆胜　著

| 责任编辑：廖灵艳　马　婕　陈　楠 |
| --- |
| 责任校对：高　雅　刘会乔 |
| 装帧设计：严　冬　　美术编辑：高春雷 |
| 出版发行：党建读物出版社　　接力出版社 |
| 地　　址：北京市西城区西长安街80号东楼（邮编：100815） |
| 　　　　　广西南宁市园湖南路9号（邮编：530022） |
| 网　　址：http://www.djcb71.com　　http://www.jielibj.com |
| 电　　话：010-65547970/7621 |
| 经　　销：新华书店 |
| 印　　刷：北京科信印刷有限公司 |
| 2022年12月第1版　　2022年12月第1次印刷 |
| 787毫米×1092毫米　32开本　4.75印张　75千字 |
| 印数：00 001—15 000册　　定价：25.00元 |

本社版图书如有印装错误，我社负责调换（电话：010-65547970/7621）

无论我们在生活中有多少困难、痛苦甚至不幸,但是我们仍然有理由为我们所生活过的土地和岁月而感到自豪。

——路遥

归根结底,这个世界是普通人的世界,普通人的世界当然是平凡的世界,但也是一个永远伟大的世界。我作为这个世界的一名普通劳动者,将永远把普通人的生活、普通人的世界当作我创作的上帝。

——路遥

路遥的作品一直被读者阅读着,喜欢着,他的声音就留步在一代又一代的读者心间,这个人的生命也就延续着。

——陈忠实

他是一个优秀的作家,他是一个出色的政治家,他是一个气势磅礴的人。但他是夸父,倒在干渴的路上。

——贾平凹

# 目 录

写给小读者的话 ········· 1

黄土地的儿子 ············ 1

和爸爸第一次远行 ········ 7

困难打不倒坚忍的人 ······ 13

少年求学 ················ 15

苦其心志,劳其筋骨,饿其体肤 ·· 23

爱上文学 ················ 29

作家路遥 ················ 35

进入大学 ················ 41

如饥似渴地阅读 ·········· 45

由文学主导的生活 ········ 51

编辑工作·················55

厚积薄发，代表作《人生》
　横空出世··············61

《人生》里的人生哲理········67

书写黄土地的故事··········73

向偶像和大自然问路········79

下定决心写一部大书········85

经典著作是怎样炼成的·······91

走入《平凡的世界》········97

"不被看好"的小说·········103

带病创作···············107

用生命孕育一部大书········115

对女儿的爱与亏欠··········123

获得茅盾文学奖···········129

英年早逝···············133

# 写给小读者的话

亲爱的小读者,不知道你想过没有,一个人该怎样度过一生?

有位作家叫路遥,虽然只在世上度过了四十二个寒暑,但他留下了《人生》《平凡的世界》等优秀的文学作品。

一九四九年,路遥出生在陕西省一个贫穷的农民家庭,小时候的学习和生活环境都很艰苦。这个和新中国一起成长的苦孩子,形容自己是"黄土地的儿子"——面对贫穷带来的缺衣少食和内心敏感,路遥坚定地把根深深扎进黄土地里,汲取滋养身体和心灵成长的养分。

苦难磨炼出路遥坚毅、专注的品格。在前半生的成长过程中，他像掉在悬崖上的一粒种子，靠着坚强的意志，从石缝中探出头来，不怕艰辛困苦，迎着风，沐着雨，长成了一棵参天大树。

在后半生的文学创作中，路遥则像一只经过风雨考验的海燕，目标明确地朝着自己选定的方向飞翔。他要求自己以高度的专注、满腔的热情、真诚的态度和崇高的信仰，全心全意地写普通人的故事。

路遥的小说主要写的是一九七五年到一九八五年，发生在中国农村的故事，主角都是最真实的普通人，比如《人生》的主人公高加林、《平凡的世界》的主人公孙少平，他们在改革的洪流中不断成长。路遥将黄土地给予他的磨炼和养分，通过写作注入这些小说主人公的人物命运中，使他们的身上都涌动着不惧困难、勇于进取的精神，这种精神又通过阅读流入了一代又一代读者的心田，激励他们在成长的路上不畏艰难，奋勇向前。

路遥在人间虽然只驻留了四十二年，但他以速朽的平凡之身，创作出超越平凡的不朽著作。他明白这样一个道理：在这个世界上，所有生命都不可能永生不灭，关键是要闪亮过，即能不能给人们创造出和留下宝贵的精神财富。

这本书，将从路遥成长的黄土地写起，讲述他一生的经历：幼年路遥在艰苦的成长环境中，透过辛劳耕作的长辈，感受生生不息的黄土地力量；少年路遥离家求学，深刻体会到自卑，又在书本、知识中找到自己；青年路遥热衷文学，在动荡的岁月里磨砺笔力和心性；作家路遥废寝忘食、呕心沥血，最终写下不朽著作。

在阅读的过程中，你会发现，路遥把写作当成自我修炼的过程，尽管一生穷苦，但在精神上是个富翁；路遥的写作是严肃认真的，他有一双发现真、善、美的眼睛，从不卖弄技巧，用最简单的文字直达人心深处，这些文字饱含童心和爱，处处充满惊喜；路遥写故事很真诚，他把每一位读者都当成知音，向他们倾诉衷肠，与他们心连着心；路遥的作品有思想深度，也很有艺术表现力。

路遥的一生，是在想象的笔尖上舞蹈。他以生命做半径，用彩笔画圆，用心为文，创造了属于自己的辉煌壮丽的人生。

# 黄土地的儿子

　　一九四九年十二月二日，中华人民共和国成立两个多月后，在陕西省清涧县石嘴驿镇的王家堡村，一个男孩出生了，他出生时的小名叫"卫"，读小学时的学名叫"王卫国"。我们熟悉的"路遥"，是这个男孩日后成为大作家时用的笔名。

　　那时的王家堡村，是黄土高原上众多位置偏僻又贫穷的村庄之一。

　　它离石嘴驿镇七八里远，从石嘴驿镇再走十多里到九里山，再从九里山走七十多里才能到清涧县城。清涧县在陕北榆林地区的东南部，它的南面是延安。从清涧县城到延安还有一百多公里，它和西安之间的路程则有四百多公里。

清涧县历史悠久,地理位置相当重要,《宋史》中称这里"右可固延安之势,左可致河东之粟"。县内梁峁蜿蜒起伏,沟壑纵横,河谷很深,有比较险峻的笔架山、九里山。

关于这个地方,还有一个有意思的传说。

玉皇大帝的女儿带着侍女来到人间最干旱的黄土高原,一直走到了王家堡村。当时,王家堡村有个青年叫金安,他陪伴她们走到九里山,遇到强盗与恶龙。为保护仙女,金安置自己的生死于不顾,让仙女十分感动。于是,两个人相爱并许下海誓山盟。婚后不久,玉帝得知实情,将拒不回去的仙女变成一座土山,这就是"神仙山"。金安看着妻子变成土山,跪在山前痛哭不已,泪如雨下,感动了上苍,下起大雨。雨水变成涓涓河水,绕山流淌,变成了"哭咽河"。

村民为仙女修了一座庙,并编了一首民歌,歌的名字叫《神仙难挡人想人》,至今仍在陕北地区广为流传。

路遥自幼年起,便熟悉王家堡村的地貌和动人的地方传说,这些象征黄土地的符号钻进他的心里，后来出现在了他的众多作品里。比如这个传说就出现在了《平凡的世界》第一部的第七章里。

路遥的祖上世代务农，他是地地道道的农民的儿子，生来便是黄土地的一部分。

王家堡村是路遥祖祖辈辈生活的地方。路遥的爷爷叫王再朝，一共生了三个儿子、一个女儿。长子叫王玉德，次子叫王玉宽，三子叫王玉成。二十世纪四十年代，为了响应边区政府的号召，爷爷带着全家人来到延川县郭家沟村落户扎根。

后来，王再朝的长子成了家，次子也娶了媳妇。他让长子留在延川，自己则带着次子王玉宽回到祖居地清涧县王家堡村定居，算是叶落归根。次子王玉宽就是路遥的父亲，路遥的母亲叫马芝兰，她虽然不识字，却是个能说会唱的民间歌手。

路遥的父母一共生育了九个孩子，六男三女。路遥是老大，他的大弟弟在三岁时不幸夭折，大妹妹在二十多岁时也去世了。

路遥小时候照过一张全家福。爸爸妈妈坐在中间，他和弟弟妹妹几个人围着他们站立。爸爸头裹白羊肚毛巾，一张娃娃脸，精神非常饱满，比小自己两岁的妻子显得更年轻。

路遥的爸爸是个小个子，身高只有一米五多一点儿。可是，在这个矮小的身体里，却隐藏着巨大的能量。

路遥家里的孩子多，爷爷奶奶也要靠爸爸妈妈养活，一大家子人总是吃了上顿没下顿，生活非常贫困。

常言说："家里人多，没有好食。"一家这么多人，没什么可吃的，就是有，又怎么能满足孩子们那贪吃的小嘴呢？

路遥从小胃口就特别好，爸爸妈妈日夜不停地在地里劳作，也填不饱几个孩子的肚子，更不要说吃得好了。实在饿得慌时，小路遥会饥不择食地往嘴里塞任何他能拿到的东西，只要是不苦的，能咀嚼两下的，他都想试试。几枚酸枣、一些草根、一把槐花、几根野葱，都能成为他的充饥物。

家里许多年没添置过一件新衣服，妈妈只能把大人穿破了的衣服改小，再拿给孩子们穿。

生活的重担全部压在了小个子爸爸的身上。路遥幼时跟着爸爸到地里干活，总能看到他热火朝天、挥汗如雨地挥动锄头。有时，爸爸会热得脱掉上衣，露出遒劲的肌肉，让小路遥既佩服又崇拜。在爸爸的熏陶下，路遥很小就开始劳动。七八岁时，他能把砍的柴捆成捆，摞在硷畔①上面，小柴垛子被拾掇得又规整又漂亮。

爸爸精细地耕作自家田地，使得地里没有杂草、碎石，田埂也被收拾得整齐干净。小路遥注意到，爸爸会有意留下一些野花，装点养活一家人的土地。

庄稼的长势很好时，爸爸还会情不自禁地自言自语，又好像是在跟土地说悄悄话。小路遥忍不住问爸爸："刚才，您在跟谁说话？"

爸爸总是看着他答非所问地说："儿子，你可不要小看这土地，它是有生命的，懂得人心。你对它好，它就给你多产粮食。地不欺人，你出力，流了汗，到了秋天，就会有粮食。"

幼时的路遥对爸爸说的话似懂非懂，不过爸爸和黄土地的形象在他的心里逐渐重合——爸爸像黄

---

① 硷（jiǎn）畔：是陕北农村庄户院墙外的一块平地，长不过丈余，与窑洞崖面大致等宽。

土地一样充满生命力,黄土地像爸爸一样养活一家人。

　　长大后的路遥开始写作时,爸爸的话像长了腿一样,从他的脑海里跳出来,跳到他的笔下:"不管漂泊到何处,心永远贴着黄土地。"属牛的路遥还鞭策自己,要"像牛一样劳动,像土地一样奉献"。

　　就这样,路遥像一粒尘土,生于三秦大地,从乡土中获得养分、力量和智慧,并把它们融入自己的文学作品,最终成为一位了不起的作家,为这片土地争了光,加了彩。

# 和爸爸第一次远行

　　小路遥的孩童时光很快过去了。七岁那年的冬天，睡眼蒙眬的小路遥一大早就被叫醒，爸爸说要带他去大伯家走亲戚，看奶奶。

　　路遥小时候一直跟着爷爷奶奶睡觉，和他们的感情很深。在他两三岁时，爷爷去世了。他六岁时，奶奶搬到大伯家住，他已经两年没见过奶奶了，心里想得慌。一听说能马上见到日思夜想的奶奶，小路遥乐开了花。

　　但其实，爸爸是要把他过继给伯父。贫寒的家境，不仅让路遥一家食不果腹，还让到上学年龄的小路遥没法上学。那时还没有义务教育，看着一同长大的小伙伴们结伴去学校，小路遥曾哭闹过。爸爸妈妈于心不忍，让他上了几天学，后来因为实在供不起，又让他退学了。万般无奈之下，只能把小路遥过继给大伯，大伯没有孩子，小路遥或许能在那里得到上学的机会。

大伯家在郭家沟，离小路遥的家有一百七十多里地，父子俩要一路步行过去，所以一大早就起来了。一开始，小路遥开心地蹦蹦跳跳，满眼都是风光。天上的冻云仿佛在俯瞰着他，给他数着步数；干冷的树木被他一棵棵甩在后面；脚下的土地回应着他踏在地上的每一步，脚底传来的微弱的震颤感好像也在给他鼓劲。

但走着走着，小路遥走不动了，也没有心思看沿路的风景了。

爸爸察觉到小路遥跟不上自己，回过头来看一眼儿子，用眼神给他鼓劲，等着他赶上自己，然后拉着他的小手一起走。

再后来，小路遥喊脚痛。爸爸脱下儿子的鞋，发现他的脚底起了水疱，有的水疱已经破了，开始流血水。原来，妈妈为了儿子远行，特地熬夜赶制了一双新鞋，哪料新鞋更容易磨脚。小路遥只得

和爸爸第一次远行

脱下鞋子，赤脚走在山路上，把鞋别在了爸爸的腰间。

山路崎岖，漫长而遥远，小路遥感到永远也走不完。这时，爸爸就会对失去耐心的儿子说："路再近，差一步也到不了目的地；路再远，你能一步一步地坚持走下去，最后一定能够到达。"

在小路遥的印象里，爸爸力气大，脾气也大，在家里很难看到爸爸的笑脸，父子俩更是从来没有像这样单独聊过天。

这一天的爸爸，不仅和他说了很多做人、做事的道理，最后还把他背到了背上。爸爸担心儿子从自己的背上掉下来，每走一段路就用力向上托一下小路遥。

父子俩的身体和心第一次靠得这样紧。小路遥趴在爸爸的背上，闻到爸爸的体味儿，看到汗水从爸爸的两鬓和脸颊上流下来，听到了爸爸的心跳声和脚步声。

第二天早晨，爸爸在早市花了一毛钱，给小路遥买了一碗油茶，他自己则要了碗热水，泡着自带的硬干粮吃起来。热气腾腾的油茶散发出一阵阵香味儿，小路遥问爸爸："你怎么不喝油茶？"爸爸回答，他不想喝。年幼的路遥还真的以为爸爸不爱喝油茶，于是一个人美美地喝了一整碗。其实，爸爸口袋里只有一毛钱。后来，爸爸身上带的干粮也都吃光了，父子俩只得靠沿路乞讨继续往大伯家走。

近二百里路，两个人赶了整整两天，一路风餐露宿。他们在路上碰见了拉粪的毛驴车，爸爸对赶车的人说："娃走累了，让娃在车角上坐坐吧。"拉粪的人问道："娃不嫌臭？"爸爸反问："累了，还嫌臭？"就这样，小路遥坐在粪车上赶了二里多路。

这是路遥与爸爸的第一次远行，也是他全新人生的起点。远行过程中的劳累、辛酸、苦楚，还有汗水、血水、委屈，以及亲情、坚忍、理想，对他今后的写作事业影响很大。

长大后的路遥在小说《人生》第十二章里还原了自己幼时的经历——主角拖着拉粪车到城里淘粪，把坐在街上乘凉的市民恶心得不行。作品里是这样写的："他拉着车子，闻见自己满身的臭气；

衣服和头发上都溅满了粪便。脊背上被砍了一粪勺的地方,疼得火烧火燎。"

成名之后,路遥回家看望家人。妈妈围着儿子转,爸爸则站在路畔,没和他打招呼,只远远看着儿子以及一众人从一辆面包车里出来,爬坡,谈笑,进房间。

那时的路遥爸爸还是头裹白羊肚毛巾,长烟袋和烟荷包一边一个,用绳子挂在脖子上。他会顺手将来人给他的香烟夹在耳朵上,始终沉默、敦厚。

儿子要离开时,爸爸依旧站在山坡上,远远看着路遥离开。父子俩没有拥抱,连一声道别都没有,看上去平淡如水,但在静默之下,如黄土地般沉默寡言的父亲,始终是路遥精神力量的源泉。面包车发动时,路遥打开玻璃车窗,向高坡上的父母看了一眼,再关上窗,回过头,眼里饱含着泪水。

# 困难打不倒坚忍的人

刚到大伯家的那段日子,小路遥经常被郭家沟的孩子们欺负。

原因之一是小路遥听不懂郭家沟人的口音,他说的话当地的人也听不懂,就被自动归类为"外来者"。同村孩子形成了一个"圈子",他们在外出打柴、拾草时,每个孩子都有一个自己专属的区域,对待"外来者"小路遥连一块让他能打柴、拾草的地方都不给。

另外,郭家沟的孩子们还喜欢取笑小路遥身上穿的破衣烂衫。有一次,同村孩子围住小路遥,一起嘲笑他穿的那一身补丁摞补丁的破烂衣服,让路遥在很小的年纪就体会到了"被羞辱的感觉"。

不过，小路遥没有被挫折打败，反而在短时间内打破了自己与"圈子"之间的隔阂。

他慢慢听懂了郭家沟的方言，知道了村里的孩子们在想什么，还有他们为什么这样做。再加上他的学习成绩好，让村里的大人孩子都很佩服，有的孩子还主动找到他，希望他能帮助自己复习功课。

小路遥在受欺负时不卑不亢，在别人主动寻求帮助的时候施以援手，时间久了，村里的孩子都慢慢地接受了他。

# 少年求学

路遥的祖上出身贫寒，世代务农，他们似是已与黄土地融为一体，没有人离开过大山，走出陕北的黄土高坡。

土地，是路遥家族唯一的依靠和念想。这种情况，一直延续到路遥的父辈。路遥的大伯与父亲都不识字，他们觉得，勤勤恳恳地从土里刨食才是头等大事。

过继给大伯之前，小路遥除了帮着爸爸妈妈干活，还喜欢在村子里转悠。他常被一些古老的建筑和大门上的对联吸引。

清涧县出产青石，用青石包裹起来的窑洞结实漂亮。有文化的家庭还会在窑洞的青石上贴门联，比如"积善门中生贵子，读书堂内出贤人"。另外，"耕读传家"四个字，经常出现在很多人家的门楣上。

这些字小路遥其实是看不太懂的，但觉得喜庆好看，有时听识字的人念起来，觉得声音动听，节奏悦耳，听起来心里美滋滋的。

村里有个龙尾寺，据说是宋代的建筑。寺内有个枕头窑，村里之前的私塾都设在那里。小路遥很喜欢这个地方。寺内有一个一米多高的"字纸楼"，是用石板砌成的小房子，上面刻有"敬惜字纸"四个字。小路遥不大懂，但从别人那里隐约听说，这是"爱护纸书"的意思。

这些见闻激发了小路遥对知识最原始的渴望，他下定决心，一定要上学读书。

被过继给大伯后，小路遥进入郭家沟马家店小学读书。报到那天，老师问他叫什么名字。大伯说叫"王卫儿"，老师觉得不好听，说不如叫"王卫国"吧，将来当兵，保家卫国。

那时的小学是高低年级混合在一起听课，小路遥虽然是一年级学生，但聪明好学，甚至对高年级的课程都感兴趣，学习成绩进步得很快，期末考试总能拿到奖状。

读完小学，路遥考上了延川县的城关小学高小部。高小部共有两个年级四个班，全县平均每两个村才有一个孩子能升入高小部。

升入高小部，路遥有了一个很大的发现：他可以到县文化馆阅览室看书读报，从这里学到更多的知识。图书馆在休息日闭馆也没关系，因为他还发现了另一个看书的好地方——新华书店。

上学、读各种各样的书报杂志，这样的日子让少年路遥"上瘾"，内心越发充实。每当进入书中的世界，就仿佛有一股神奇的力量拉着他上升，离开大地，升到高空，看到别人看不到的风景，整个人变得心明眼亮。

不过，加速少年路遥成长的，是他内心经历的"自卑与超越"。路遥在高小部的同学多为城市子弟，他们从小生活在相对比较好的环境里，物质条件上的差距让少年路遥感到了自卑。

帮他实现"超越"的是书本和知识。同学们在和路遥交谈时都会发现，这个来自农村的男孩脑子里有各种各样的知识，慢慢地，大家看路遥的眼神中开始有了佩服、羡慕和称赞。这种无声的肯定，让少年路遥获得了他人的认同和内心的安全感，也找到了自我。

从高小部毕业后，路遥面临中考升学。在别人看来，继续升学是自然而然的事，但路遥却陷入了苦恼。在他全力以赴准备中考时，大伯告诉他，读几年书就可以了，没必要继续读下去，早点回家劳动。

少年路遥心里明白，家里确实没有能力再继续供他读书，让他从高小部毕业已经很不容易了。但他太想上学读书了，做梦都想，而且他的学习成绩这样好，不能继续上学，简直就是要他的命。

大伯见路遥真的热爱学习，只得先同意他参加延川县中学的入学考试，不过仍坚持说："考上了，也不能再上学。"

考试结果出来，路遥在全县一千多名考生中，排在第二名，顺利考入延川县中学。这在郭家沟乃至全县，都是一条爆炸性新闻。

路遥的好成绩让大伯更为难了。大妈把所有情况看在眼里，对路遥说："你大伯如果有一点儿办法，也不会不让你继续上学的，还不是因为咱们太穷了嘛！"

面对命运设置的障碍和家人的无奈，深埋在路遥心中的"黄土地精神"破土而出，少年路遥身上的坚忍品格更加明显，他渴望学习的心没有丝毫动摇。

少年路遥独自来到城里，寻找解决问题的办法。一开始，城里的同学们纷纷给路遥凑钱，但怎么也凑不够报名费。有一位同学的家长给他出了个主意——回村里找大队干部，让干部想想办法。

路遥觉得在理，便找到了大队支书刘俊宽。路遥觉得，刘书记有知识，有文化，也许能帮上忙。

刘书记得知路遥的情况后，立刻为他想办法凑报名费，最终靠挨家挨户地借粮，凑了两斗黑豆，勉强解了路遥的燃眉之急。

可是，当少年路遥拿着好不容易凑齐的报名费去学校报到时，却得知学校已把自己除名了，理由是过了报到期限。原来，学校规定，一周内不报到，按自动放弃处理。

这可把刘书记急坏了,他不假思索地直接去县城,找到中学校长杜永福。他向学校说明了路遥的情况,学校最终商量决定,破例录取路遥。

进入中学,是路遥人生的一个重要里程碑。他能迈出这一步,由不可能变成可能,离不开将命运握在自己手中的毅力,也离不开所有人对他的大力支持。

开学那天,少年路遥穿戴整齐,走在上学的路上。困难没有使他放弃求学,往后的人生像折扇一样在他面前展开宽广的扇面,其中隐藏的无限希望,让少年路遥既感动又满心温暖。

少年求学

# 苦其心志，劳其筋骨，饿其体肤

贫穷好像一个影子，一直跟着年少的路遥，让他在原本该"不识愁滋味"的年纪，提前尝到了窘迫、饥饿和自卑。

上小学时，最让小路遥心疼的是铅笔用得太快了。他发现一支铅笔用着用着就变短了，纸好像长了嘴巴，会大口大口地吃铅笔。买一支铅笔要花几分钱，但大伯家有时连一分钱都没有。

绘画课是最让小路遥为难的，因为纸和颜料都很贵，他根本买不起。当别的同学都在快快乐乐地画画时，他只能干瞪眼。好在，美术老师看出了小路遥的心思，拿出自己的两张教案纸给他，小路遥再跟同学借毛笔和水彩，三下五除二快速画完画。

老师理解他的窘迫，图画课上的作业，都会给他及格。

少年路遥在城关小学读高小时，大部分同学是城里人，他们的生活条件较好，往往在家里吃住，是走读生。路遥是为数不多的农村学生，要在学校住宿、吃饭，是住校生。

住校生中，又分为"全灶生"和"半灶生"。其中，"全灶生"的家庭条件还可以，交纳定量的白面、玉米面和菜钱，吃什么和吃多少都由自己定；"半灶生"是家境差的，交不起面钱和菜钱，每周回家两次自带干粮到学校厨房灶上"加热"。

作为"半灶生"中的一员，小路遥的生活条件是最差的，他不得不经常吃加了麸糠的粗粮。这种食物上锅蒸了以后，就散得不成形了，吃到嘴里很难下咽，只得用"锅底水"送下肚子。天气热的时候，干粮放的时间长了就会变质，但即便是粮食变质了，路遥也舍不得扔，他总是强迫自己吃下去，因为如果不吃变质的粮食自己就得挨饿。

上五年级时，路遥与一个女同学同桌。他们书桌下面的"仓仓"相通，女同学的手有时会碰到路遥的黑干粮。女孩回家告诉母亲同桌的困难，母亲就让女孩给路遥带些好吃食。饥饿感让路遥很想伸出手，但心中的志气、自尊和倔强又让他次次都回绝了同桌女生。

晚上，住校的男生是连排地睡在一起的，一张土炕上要睡十多个人，拥挤难受得让人窒息。不过对路遥来说，最难受的是睡觉前有学生偷偷地在被窝里吃从家里带来的"干馍片"。这让路遥本就空空如也的肚子更加饥饿难耐，在受到诱惑后，直接肆无忌惮地发出咕咕的叫声。肚子的叫声应和着同学吃馍片发出的嘎嘣嘎嘣声，少年路遥在忍受饥饿的同时，还要饱受困窘、自卑的磨砺。

有一次，同桌女生发现路遥书桌下面的"仓仓"里连黑干粮都没有了，就问他是怎么回事。路遥说："家里没什么粮食下锅了，我从家里走的时候，大妈没借到东西。"女同学心中一酸，指了一下自己带的饭菜，又碰一下路遥的胳膊，意思是让他吃。路遥先是一愣，随后使劲摇头，像个拨浪鼓。在女同学的坚持下，他最后还是接受了，不过他脸上的表情——既充满感激，又心中羞愧，把一个穷苦少年的窘迫与无奈展现殆尽。

上中学时，大伯每个月只能给他二十五斤粮票。少年路遥正值"猛吃猛长"的年纪，一个月二十五斤粮食完全没法满足他的成长需要。但路遥知道，这二十五斤粮食是大伯大妈从嘴里省出来的，而且比他在高小时吃的自带干粮好多了。

另外，为了多给路遥准备一些干粮和零花钱，大妈在房前屋后种了些南瓜、水果、洋芋，赶集时拿去卖了，换点钱给他送去。实在没有办法时，大妈还到数十里外的延长县讨过饭，把要来的干粮卖点钱给路遥用。大妈不在本县延川，而是跑远路到延长县讨饭，是因为怕被路遥或熟人看见，丢了孩子的脸。一次，大妈讨饭时被两条恶狗咬伤，养了一个多月后才好起来。

这些点点滴滴，都被路遥藏在心里，他一生都非常感激大伯大妈的恩情。

延川县中学的伙食分为三等：第一等是白面和带肉的菜，第二等是玉米面和无肉的菜，第三等是高粱面和清水煮菜。路遥连第三等也吃不起，多数时间只能吃干粮再加上一碗锅底水，偶尔可以吃上一碗五分钱的清水煮菜。

长大后的路遥回忆贫困的少年时代,感慨万千:"我的整个少年时代,都像是在爬下水道。"

苦难本身毫无意义,凭借坚韧不拔的意志战胜苦难,才使人生有了意义。路遥曾说:"我吃的是猪狗食,干的是牛马活,出的是牛马力。生活太残酷了,我一定要站起来。一个成熟的中国人,一个成熟的民族,不应该对苦难的东西痛哭流涕,应该自己把自己的伤疤舔干净,再跳上生活的战车,向前推进。"

人的生命力,也会在痛苦的煎熬中强大起来。路遥是在苦水里泡大的,少年时的他没有因此变得消极悲观,甚至变坏。作为父亲的儿子、黄土地的儿子,他坚强地站起来,像海燕迎接风浪和暴风雨一样勇往直前。

长大后,苦尽甘来的路遥对人生和世界上的万事万物有了自己的看法和感觉,他把自己的经历和对生命的感悟从心灵的最深处打捞上来,融入作品中。他在《平凡的世界》里写道:"无论是幸福还是苦难,无论是光荣还是屈辱,让他自己来遭遇和承受吧!"

# 爱上文学

路遥在上学期间，除了学好课本里的知识，还喜欢读课外书。

他觉得，学生如果整天只知埋头于课本，完成老师布置的各种作业，机械地跟着教学大纲走，被动接受有限的知识，那么久而久之，视野会受限制，也会对学习失去主动性和自觉性。

在很小的时候，路遥就对小人儿书里的故事很感兴趣，有时到了着迷的程度。像《三国演义》《林海雪原》《高玉宝》《渔岛怒潮》等书，他不知读了多少遍。

上高小后，路遥利用业余时间到县文化馆阅览室阅读，那里面最多的是报纸和杂志。少年路遥通过阅读这些读物，了解到很多国家大事。

上中学时，路遥坚持到县文化馆阅览室读报，或者到新华书店看书。当时，他最爱看的报纸是《参考消息》，对时事政治兴趣浓厚，比如宇宙飞船、宇航员加加林的消息，他就是在这个时候了解到的。

广泛阅读让路遥的思维变化很大。由学校到社会，从家乡到外部世界，从国内到国外，从地球到宇宙，路遥像被一种神秘的力量牵扯着，离开窄小的空间，进入更广阔的天地。后来，路遥在写小说《人生》时，主角高加林的名字就是受宇航员加加林的名字影响取的，因为他太佩服这位苏联宇航英雄了。

上中学时，路遥的阅读重点逐渐转到了文学名著上，他把大量业余时间用来读小说。除了读中国小说，他还读外国小说，最喜欢读一些战争题材的小说，比如《钢铁是怎样炼成的》《把一切献给党》《牛虻》，经常读得废寝忘食，有时还将小说拿到课堂上偷偷阅读。最让路遥感动的是保尔·柯察金，他的心弦常被书中的名句拨动，每每读来，灵魂都像是被重锤敲打，也在他心中播下了文学的种子。

许多年后，在路遥的代表作《平凡的世界》里，主人公孙少平同样沉醉在《钢铁是怎样炼成的》中，并从保尔·柯察金身上汲取力量。

因为广泛阅读，路遥有了文学经典做基础，再加上摘抄、背诵名人名句和对人生哲理的认识，他写出的作文出类拔萃，让老师都不敢相信自己的眼睛。一次，路遥写了篇作文《在五星红旗下想到的》，语文老师看过后，非常欣赏并给予了高度的肯定和赞扬，还在班上当作范文念给其他同学听。之后，校领导又将这篇文章在全校师生面前朗诵，引起强烈反响。

另外，路遥还根据小说《红岩》创作了一部话剧，与同学们编排后，在教室前面表演，全校学生都被吸引过来围观。很快，路遥成了延川县中学的文学与文艺"明星"。

中学毕业后，路遥考上了西安石油化工学校，这是一所中专学校，成为那里的学生意味着他将变成"公家人"。正当全家人欢欣鼓舞时，"文化大革命"开始，所有大中专院校全部停止招生，路遥升学的事也成了泡影。

一九六八年底,路遥与上山下乡的学生一起,领一本《毛泽东选集》、一把干农活的老䦆头、一块全新的羊肚毛巾,就出发去了农村。

与别的知青不同的是,路遥直接回到了大伯家所在地——郭家沟务农。他再次回到黄土地,成了一个与父辈一样的"农民"。

农活异常繁重。几天下来,挥老䦆头的路遥就吃不消了。一开始,在劳动间歇,他还能讲个笑话,大谈特谈国家大事与世界形势。很快,他就没了力气,说话的兴趣也没了。回到家,他变得沉默寡言,情绪低沉。但他一直坚持看书、学习、思考、写作,从没间断过。

村干部看到路遥体力不支,考虑再三后,给他安排了一个节省体力的工作——从县城往村里拉大粪给田地做肥料。一开始,路遥碍于面子,拒不接受。后来一想,他可以借机进城到图书馆看书,便答应下来。这一段特殊的经历后来被路遥写进了小说《人生》中,是帮助主人公正确认识劳动意义的重要情节之一。

不久,路遥又被借调到马家店小学当民办教

师，他的学识也有了用武之地。

一九六九年，路遥加入中国共产党，这是他思想上开始成熟的标志。

在后来的文学创作中，路遥一直关注社会现实和时代主题，坚持现实主义风格，讲述黄土地和生活在这片土地上的人们的故事。这一切都与他在青年时培养出的对现实生活的关怀直接相关。

这份热情像炽热的火苗，一直在路遥的小说和人生中燃烧，点亮他自己，也照耀了更多人。

# 作家路遥

　　路遥二十岁时入党,那年冬天他打算参军,但后来被调到城关公社的"思想宣传队",主要工作是进入延川县百货公司开展教育活动。

　　在那里,路遥遇到了自己的文学知音——比他大八岁的作家曹谷溪。曹谷溪曾以"谷溪"为笔名,在省级著名刊物《延河》上发表过新民歌体诗歌《老镢头》。

　　在发现路遥的写作天赋后,曹谷溪将他调进了自己负责的通讯组。路遥在通讯组成为骨干成员,也与曹谷溪成为彼此倾心的文友。

　　在通讯组工作期间,路遥陶醉于诗歌,写了首顺口溜诗,题目是《我老汉走着就想跑》。这首诗反映的是黄土地上的农民们积极劳动的现实情景，里面有这样的句子："明明感冒发高烧，干活尽往人前跑；书记劝，队长说，谁说他就和谁吵；学大寨就要拼命干，我老汉走着就想跑。"一开始，曹谷溪将这首诗推荐到延川县张家河公社新胜古大队的黑板报上，后在延川县文化馆创办的油印期刊《革命文化》上发表，再后来又在他的推荐下发表在《延安通讯》上，这是路遥公开发表的第一篇作品。

一九七〇年，路遥还创作了两首新诗。

一首是《车过南京桥》，他准备用笔名"缨依红"发表。诗人闻频看过稿子后，对这首诗赞不绝口，觉得诗句奇特、富有想象力，而且情真意切，但作家的笔名有些别扭，建议改一改。路遥思索片刻，就写下"路遥"二字。闻频说："这个名字好，路遥知马力。"这首诗在《革命文化》上刊出，不久后，陕西省群众艺术馆办的《群众艺术》也选登了这首诗。这是路遥以"路遥"这个笔名发表的第一篇作品。

另一首诗是《塞上柳》，讲的是"五七战士"

与塞上柳对话，写法独特。诗中描述胡匪骑兵挥刀砍柳树时写道："大爷冲过去，双手把树搂，横眉冷对蒋胡匪，怒火烧心头！儿童团员举起红缨枪，民兵抡起开山斧，贫下中农臂挽臂，抱住塞上一棵柳。"这首诗在夹叙夹议中，表达了党和群众的深厚情谊及坚贞不屈的革命精神。

因为路遥的文章"很接地气"，曹谷溪给路遥一个"地才"的特殊称号，说他"不是天才，是'地才'，他写的东西都是接地气的，有根有据的。他的想象力是建筑在黄土地上的"。

其间还发生了一件事，路遥根据笔名"路遥"，将自己的原名"王卫国"改为"王路遥"。从此，很少有人再提"王卫国"，更多的人熟知的是"路遥"这个名字。

当时市面上流传过一本故事集，叫《一颗红心为革命》；同一时期，陕西人民出版社出版了诗集《延安儿女热爱毛主席》。曹谷溪等人看完这两本书，觉得很不满意，想要"大干一场"，自己动手编本好书，这就是油印诗集《工农兵定弦我唱歌》的由来。这本书后来被陕西人民出版社看中，改名为《延安山花》出版。

《延安山花》由多人共同编选，路遥是团队中的骨干。该书发行量高达二十八万册，路遥说它是七十年代中国第一本有泥土气息文学价值的诗歌集子。

随着《延安山花》的走红，曹谷溪与路遥等人在一九七二年创办了县级文艺刊物《山花》，这份刊物当时将不少作家和文艺爱好者会聚了起来。有人说，《山花》如一株红艳艳的山丹丹花，给中国文坛带来一抹亮色。

路遥不仅是《山花》的编辑，还在上面发表了不少诗歌、散文和小说，《当年"八路"延安来》《电焊工》《走进刘家峡》《歌儿伴着车轮飞》《老汉一辈子爱唱歌》《桦树皮书包》《优胜红旗》《基石》等作品都在上面发表过。这些作品既有时代的强烈印记，又有较强的文学感染力。

《山花》烂漫，它开在延川这块黄土地上，也开在路遥的心中。《山花》载着路遥在文学之路上起步、飞翔。通过在《山花》的工作，路遥进入了延川县文艺界，提高了编辑能力水平，正式开启了文学艺术之旅。

当时，从北京到陕北延川插队的知青中，还有后来也成了作家的史铁生和陶正。

北京知青史铁生曾在延川的一个村里放牛，那时他还没有开始写作，也没见过路遥。他的同学中有人见过路遥，都惊叹路遥是个才子，年轻有为，前途不可限量。史铁生读完《山花》上路遥的作品后，也暗自叹服。

在路遥心中，《山花》像一朵真实的、红艳艳的花，让他的全部精力都聚焦到文学上，在创作中有一种枯木逢春、铁树开花的感觉。这个时期，象征路遥文学创作的"烂漫山花"，已从一个偏远的山乡，开向全国，慢慢走进人们的心中。

# 进入大学

一九七三年的夏天,工农兵学员推荐入学考试开始进行。

路遥在第一时间提交了入学申请书,同时还向郭家沟刘家圪崂大队表达了自己发奋学习、服务国家的决心。

除了政治热情高,路遥的文化成绩也很优秀。延川县组织文化课考试,有千人参加,考生多是有较高文化水平的知青。路遥的整体成绩属于中上等,其中"语政"一门考试得了八十三分,这是很高的分数。

路遥本人的报考意愿也充分体现了他的志向与爱好——路遥的第一志愿是北京大学哲学系,第二和第三志愿分别是西北大学中文系、陕西师范大学中文系。

大学好像已经对青年路遥敞开了门，但阴差阳错下，路遥与心仪的学校失之交臂。这让路遥陷入绝境，这种精神上的痛苦远胜童年时遭受的饥饿和贫穷。路遥在后来创作的《平凡的世界》里写下这样的话："人活着，就得随时准备经受磨难。"

困难是一种内心折磨，也是磨砺一个人心智的契机。青年路遥在最深的绝望里，始终没有放弃自己的追求。这时，有人建议他，试试报考延安大学。延安大学的老师在延川做过调研，对路遥的文学成就比较了解。

与此同时，时任延川县委书记的申易知道了路遥的事，主动了解情况，并且三次到延安大学力荐路遥。当时的中文系招生负责人申沛昌在得知这一情况后，也秉着公正、惜才之心，竭力为路遥争取。

一九七三年秋，路遥正式进入延安大学中文系就读，按他的原话来说——"是延大收留了我。"路遥对申易、申沛昌给予的帮助充满感激。他曾说，申易给予了他"父亲无法给予的支持，母亲无法给予的关爱"。而申沛昌更成为路遥一生的伯乐与良师益友。他坚定不移地信任和支持着路遥的文学事业，在困难时亦不断勉励他。路遥曾在给申沛昌的信中这样写道："我们常常不是用言语，而是用心来对话和谈论的。您是我生活中少数几个深刻在心的人，我永远不会忘记您。"

从迈入延安大学起，路遥将自己的人生彻底奉献给了文学创作。

# 如饥似渴地阅读

路遥非常珍惜进入延安大学学习的机会，他每天按时上课，从不迟到早退。上学期间，他如饥似渴地用知识的玉液琼浆浇灌心田，希望将来能成为国家的有用之材。

路遥嗜书如命，阅读面很广，除了文学书籍，他还喜欢看哲学、历史和政治类书籍。在文学书籍中，他主要看现当代作家的作品，还有《延河》《萌芽》《收获》《小说月刊》等杂志。一次，路遥到朋友晓雷家做客，路遥谈得更多的是《战争与和平》《红字》《茹尔宾一家》以及普希金的抒情诗，知识面非常广。事实上，路遥读的外国文学作品还有很多，比如《红与黑》《巴黎圣母院》《复活》

《哈姆雷特》《毁灭》《死魂灵》《堂吉诃德》《悲惨世界》等。

除了博览群书，路遥更重视专精。路遥多数时间是在学校阅览室里阅读，此外，他还把喜欢的书放在床头枕边，自称为"床头文学"。这里面包括毛泽东的《矛盾论》《实践论》，《鲁迅全集》，艾思奇的《辩证唯物主义与历史唯物主义》，柳青的《创业史》，巴金的《家》《春》《秋》三部曲，茅盾的《子夜》《春蚕》，老舍的《四世同堂》《茶馆》，丁玲的《太阳照在桑干河上》，杜鹏程的《保卫延安》，浩然的《艳阳天》《金光大道》等。"床头文学"的最大好处是可以随手阅读，反复欣赏，不断地咀嚼玩味，久而久之能对内容做到了然于心。

通过大量阅读，路遥还总结出了独家"阅读方法论"——读书切忌囫囵吞枣，食而不知其味，这样读书，即使读得再多也无法了解文本背后的意思。他对中国古代经典非常着迷，"四大名著"几乎烂熟于心，还对诸子百家的作品下过苦功。他喜欢读好书，有时读不止一遍，而是两遍、三遍、四遍地读，比如他在大学期间读了四遍《创业史》。此外，路遥对毛泽东诗词非常熟悉，对《矛盾论》《实践论》很有兴趣，读得很精细，也很有研究。

路遥在一次与同学的交流中说："读书要有收获，就要按文学发展史的每个阶段，每个流派的代表作家的代表作去读，要对你喜欢的作品重点钻研，要学会享受，学会浏览，学会大拆大卸。"这是细读法和精读法，也是有文学史背景的人的系统读书法。

路遥读书还有个习惯，那就是把喜欢的名句和经典段落抄在本子上，方便随时温习与欣赏。他偏爱唐宋文学，李白、杜甫、白居易、柳宗元、欧阳修、苏东坡、李清照等名家的诗词名句都能背诵。

上大学时，路遥喜欢在下课后给同学们背诵《创业史》中的段落，以及《钢铁是怎样炼成的》里的警句，有时到了热情奔放、滔滔不绝的地步。在同学们眼中，沉浸在文学中的路遥是非常享受的，整个人仿佛沐浴在一片春光里。

学校阅览室的书多，阅读环境也好，特别安

静，路遥是这里的常客。他每天阅读各种报纸，快速浏览各种信息，特别是国家大事。他还有计划地翻阅"五四"以来的各种文学期刊，认为这样看更直接，有现场感，内容也是原汁原味的。

路遥总是最晚离开教室的人，也是宿舍里最晚关灯的人。他喜欢夜读，别人都没有路遥能熬夜，他晚上看书到凌晨一两点是常有的事，有时甚至读着读着天就亮了。但这样不分时间、场合地读书最大的弊端是伤害眼睛，还容易造成神经衰弱和失眠，有损健康。"夜猫子"路遥后来身体一直都不太好，经常生病。

有同学问路遥："你整天看那么多书，是不是能从中淘出金子？"路遥总是笑眯眯地回答："金子倒没有，哲理却有不少。"

在青年路遥的心里，书的世界无限宽广，什么都能装下，特别是思想、精神、智慧、爱与美。

大学期间，路遥依然受到贫困的困扰，好在政府已开始给大学生发放生活补助，保证贫寒子弟也能正常上学读书。路遥的补助金大多花在了买书上，这在很大程度上加速了自身的成长。

如饥似渴地阅读

延安大学的赏识与信任，影响了路遥的一生，进入延大是他人生和文学事业的重要转折点，为他写作《平凡的世界》奠定了深厚的基础。路遥也在他的随笔《早晨从中午开始》中有过诸多感慨。

在延大的深造，让路遥更坚定、更有底气地走上文学创作的道路，为写作的梦想不断奋斗。

成名后的路遥一直对母校和政府感恩在心，延安大学校庆时，路遥还特别题词："延大啊，这个温暖的摇篮！"

# 由文学主导的生活

路遥不只是书虫，上大学期间，在学习和阅读之外，他还把自己的课余生活安排得井井有条，为自己营造出一个由文学主导的富饶的精神家园。

路遥上课时喜欢发言，关于文学，他总有新鲜的想法；下课后，他还喜欢与同学们讨论各种问题。再加上为人朴素随和、热情大方，路遥很快得到了大家的认可。开学几个月后，在班干部选举中，路遥被选为班长。

作为班长，路遥对班级工作非常上心，也特别热心于集体活动。临近年末，学校准备举办文艺晚会，要求各班出节目。路遥组织全班同学演出大合唱，他自己带头创作歌曲，歌名是《我们生活在杨家岭》。因为时间紧，路遥组织了歌曲创作班子，大家有时整晚聚在一起打磨歌词，力图通过歌词展现出当地的淳朴民风。为了合唱时更正式，达到专业水平，路遥到延安歌舞团请专业作曲家谱曲，到五十多里路外的延安钢厂借工作服，到驻延安部队借军服。联欢晚会举行的时候，精心准备的大合唱在全校引起轰动。

另外，为了活跃学习气氛，提高同学们的写作能力，路遥还向校方提出过"开门办学"的建议——邀请省内有影响力的作家来校做讲座，深受同学们的欢迎。

大学时的路遥不仅热爱阅读、热爱文学，还在开拓个人视野的同时，积极组织活动，将文学带入到更多人的生活中。

天清气朗时，路遥会拿着书，到杨家岭或延河边阅读。

杨家岭是毛主席、朱德、周恩来等老一辈革命家工作和生活过的地方。在山体和树木的映衬下，窑洞周围的环境清幽雅静，正是读书的好去处。毛主席的不少著作都是在这里写成的。延河被称作

"中国革命母亲河",它与宝塔山一起成为延安的象征。

坐在杨家岭和延河边上看书,对路遥来说是一种享受,也是他最悠闲快乐的时光。读书累了,路遥举目可见远方的宝塔山,也可以躺在草地上,欣赏天上的白云,放飞自己的想象。

长时间阅读后,路遥还会给自己安排一些放松的活动。他经常与同学们一起打篮球。不过,他严格控制时间,一般每次不超过二十分钟,到时间便主动离开,谁劝都没用,这是他的铁律。

临近毕业,同学们希望路遥能给大家做一次讲座,他一口答应了。

路遥讲的题目是《浅谈散文创作》,共讲了四节课,比较出彩的内容是他对散文的看法。路遥在黑板上画了一架飞机和几门大炮,他用几门大炮从不同角度同时射向一架飞机,来说明散文的"形散而神不散"。对于不同的文学体裁,路遥也有自己的看法,他说:"我以为搞创作首先应该写诗,写诗可以激发想象力,锻炼思维能力,开阔认知视野;其次是写散文,写散文能练好文字功,为小说创作铺平道路；最后是写小说，先从短篇写起，再写中篇，待中篇写成熟了才能创作长篇。"二十世纪七十年代，一个刚毕业的大学生能有如此见解，是非常难得的。

路遥像一块巨大的海绵，在大学期间如饥似渴地吸取各种各样的知识，也收获了智慧与美好，以及辛勤劳动带来的丰厚回报。路遥之后成为一名大作家，与他在大学期间沉浸式的文学熏陶是分不开的。

# 编辑工作

在路遥的文学生涯中,编辑报刊和写作、阅读一样,是成长中的重要一环。

早在进入延安大学求学之前,他就已经在报纸《山花》的编辑工作中,展现了自己的文学天赋。进入大学后,在大量阅读、讨论、学习的基础上,他的编辑水平也提高了不少。

一九七三年刚进入延安大学不久,他所在的班级就负责起诗歌集《延安颂》的编辑工作,路遥是主力。他将曹谷溪创作的《书记的"胃口"》等作品选入集子,得到大家的充分肯定。因为眼光独特、工作效率高、定位准确,路遥得到了老师和同学们的信任。

一九七三年十月,《陕西文艺》杂志社召开座谈会,路遥应邀参加。《陕西文艺》的前身是《延河》,《延河》杂志创刊于一九五六年,在当地有"小《人民文学》"之称。它在"文革"期间停刊,一九七三年以《陕西文艺》的刊名复刊,一九七七年七月刊名又改回《延河》。

路遥在《陕西文艺》上发表过不少作品,在座谈会上也有突出表现,给大家留下了深刻印象。一九七四年,经延安大学同意,《陕西文艺》杂志社借调路遥做小说散文组编辑。在这段实习生活里,路遥得到了杂志社领导和同事的指导、扶持、培养,进步很快。

一九七五年,路遥完成实习回校时,同学问他的实习感受,他笑着说:"我在编辑部近一年的工作,比咱们在校三年学到的都多,那才是个真正学习和锻炼人的好地方。"同年,路遥结合自己的实习经验,和其他同学一起,通过采访、组稿,选编了《吴堡新民歌选》,他在其中做了大量的整理、编辑、加工工作。

一九七六年,路遥大学毕业了。当时大学生毕业后是由国家统一分配工作的。那年的分配方案是,全部学生都要留在陕北工作。这个消息出来后,《陕西文艺》的主编亲自带人到延安大学,希望学校能开绿灯,让路遥到西安编刊物,发挥他的写作才能。学校领导知道路遥怀着美好的文学梦,并深信他会在文学事业上散发出光彩,经讨论决定放行。

编辑工作的价值很少被人注意到,不少人甚至认为编辑就是"为他人作嫁衣"。实际上,编辑的职责是甄别优秀的作品,将作品中蕴藏的精神力量传递给更多人,是一份非常了不起的工作。这份工作还很磨炼人的心智,需要编辑对作家有耐心,对修改稿件有恒心,对读者有爱心,对事业有奉献心,还要在苦等好稿子时守得住孤独寂寞,在作家、读者对其工作有误解时宽容以待。

路遥毕业后很快就入职《陕西文艺》杂志社,并在之后的五年时间里,在编辑的岗位上发光发热——他主动出门约稿,热心发现和培养年轻作家,仔细认真修改稿件,提升稿件质量,付出大量的劳动和心血。

路遥对稿件的要求是非常高的。他与作家海波是好朋友，但在给海波的十四封信中，有五封都是把海波的投稿退回；他与作家史小溪的关系很好，但他给史小溪的三封信里也有两封是退稿函。

这一时期，路遥作为柳青《创业史》第二部的责编，有机缘与大作家接触，两人逐渐熟稔。在与柳青的交流中，怀揣作家梦的路遥能够体会对方的思想、精神、智慧与魅力，这让他坚定了自己今后的创作方向与价值观——为黄土地和生活在黄土地的人们书写属于他们的故事。

另外，作为连接作者、作品、读者三方的桥梁，路遥在编辑工作中还培养出了作者视角和读者视角，学会双向考虑问题，顾及别人的看法。他曾说："在写作过程中，与当代广大的读者群众保持心灵的息息相通，是我一贯珍视的。我承认专业批评家的伟大力量，但我更遵从读者的审判。"

多年的编辑工作，不仅提升了路遥的文本编辑力和感知力，还激发了他骨子里的黄土地精神——克服各种困难完成工作，这些品质又支撑起他的写作精神骨架。文学编辑工作像一架梯子，路遥通过这份工作更深地进入文学创作领域。

路遥成为专业作家后,我们仍然能从他的作品中看到编辑的底色,字里行间充满了对普通人、劳动、奉献精神的理解与赞美,这种甘为人梯的品质正是编辑工作的馈赠。

# 厚积薄发，代表作《人生》横空出世

在杂志社工作的五年时间里，路遥陆续创作出《姐姐》等多部小说，虽然取得了一些成绩，但多年来一直只是个"地方作家"，没有在全国闯出名气。

二十世纪七十年代，一些陕西籍作家已经在全国崭露头角——贾平凹得了首届全国优秀短篇小说奖，陈忠实得了第二届全国优秀短篇小说奖。路遥和他俩年纪差不多，内心总有些焦虑感。

让路遥提振信心的是他的中篇小说《惊心动魄的一幕》，这部作品塑造了共产党员甘于奉献牺牲的光辉形象，发表在《当代》杂志上，获得了一九八一年全国首届优秀中篇小说奖。这是一个有点姗姗来迟的成绩，缓解了路遥的不少焦虑。

其实，这篇小说的发表并不顺利。路遥曾连续两年给多家全国知名杂志社投稿，全被退回。最后尝试给《当代》杂志投稿时，他曾发狠话"再不录用，稿子不用寄回，烧掉算了"。幸运的是，这篇小说受到了著名评论家秦兆阳的肯定。

从《惊心动魄的一幕》开始，路遥走进了全国优秀小说家的行列，也重新拾起文学创作的信心，后来家喻户晓的中篇小说《人生》[①]，就是他从此时开始酝酿的。

《人生》的第一稿写于一九七九年，路遥对这一稿不是很满意，直接撕掉了。一九八〇年，他又写了一次，还是不满意，主要觉得人物关系没理顺，也没有找到合适的主旨思想。

《惊心动魄的一幕》的发表历程使他明白了文学创作的不易，明白了作家要有足够的耐心，能够忍受炼狱般的折磨与痛苦，才能创作出优秀的作品。

---

① 这部小说最开始的名字叫《你得到了什么？》，后来曾经改为《高加林的故事》《沉浮》《生活的乐章》，最终定为《人生》。

一九八一年，路遥找到弟弟王天乐，和他谈了很久《人生》的创作思路。王天乐总能给路遥带来很多写作建议，聊着聊着，他突然有了灵感，立刻跑去陕北的甘泉县，在那里的招待所里全身心地写作，只用二十一天就写完了十三万字。

路遥回忆，那段时间里，他咬紧牙关写作，像是在和自己，也像是在跟别人拼命似的。因为写得太急，加上投入了太多感情，路遥写完《人生》的时候，仿佛得了一场大病——脸色蜡黄，有些浮肿，两腿像灌了铅一样僵硬，走起路来都有点困难。

路遥写完了稿子，没有直接回西安，而是一路北上，来到陕北榆林见朋友，听听大家对《人生》初稿的看法。回到西安后，路遥根据大家提的意见，又把《人生》改了一稿。

不久后，路遥带着《人生》的第三稿跑到铜川找弟弟王天乐，一字一句地读给弟弟听，一边读一边流泪。读完小说，路遥信心满满地对弟弟说："作品能感动我，也一定能感动读者们。"

在《人生》的终稿中，小说的主角是知识青年高加林，故事主要写了他和农村姑娘刘巧珍的爱情故事，也写了不同的人在面对艰难人生时，各自做出的选择。

路遥信心满满地把这本小说的稿件寄给中国青年出版社的编辑王维玲，王维玲对《人生》赞赏有加，也提出了修改意见。路遥很赞同编辑的意见，马上启程去北京，和编辑商量如何修改。

来到北京后，路遥和编辑进行了深入的交流，谈他的创作初衷，以及如何修改《人生》。他说："我熟悉农村，也熟悉城市，但最熟悉城乡交叉地带。我是个既带'农村味'又带'城市味'的人，想在这个交叉地带探索。"

在王维玲眼中，路遥悟性极高，善解人意，能从别人的意见和建议中抓住要点和本质，融会贯通，化为自己的血肉，融入小说中。

商量好修改方案后，路遥开始在客房里改稿。十多天的时间里，他有整整一周没有离开过书桌。改累了，就趴在桌子上睡一觉，直到把作品改完。

内容改完了，可小说的名字还没定下来，王维玲想起路遥引用过柳青的一段话，觉得用《人生》

这个书名好，路遥非常赞同。

经王维玲推荐，《人生》于一九八二年发表在了著名的《收获》杂志上。

陈忠实高度评价了《人生》："我几乎一口气读完这部十几万字的中篇小说。这是个里程碑式的作品，坐在椅子上读完，'是一种瘫软的感觉'，我被《人生》创作的'完美的艺术境界'打动。这是一种艺术的打击。它让我明白，什么是表层艺术和深层艺术。"

后来，《人生》由中国青年出版社出版，首印十三万册，很快脱销。陕西省作家协会专门为《人生》开了研讨会。宝鸡作协也邀请路遥来宝鸡做讲座，来参加讲座的读者给了这本书很高的评价，一些小读者还和路遥积极互动，递纸条问问题。随后几年，《人生》先后被改编成广播剧、话剧和电影，小说和影视作品连连获奖。

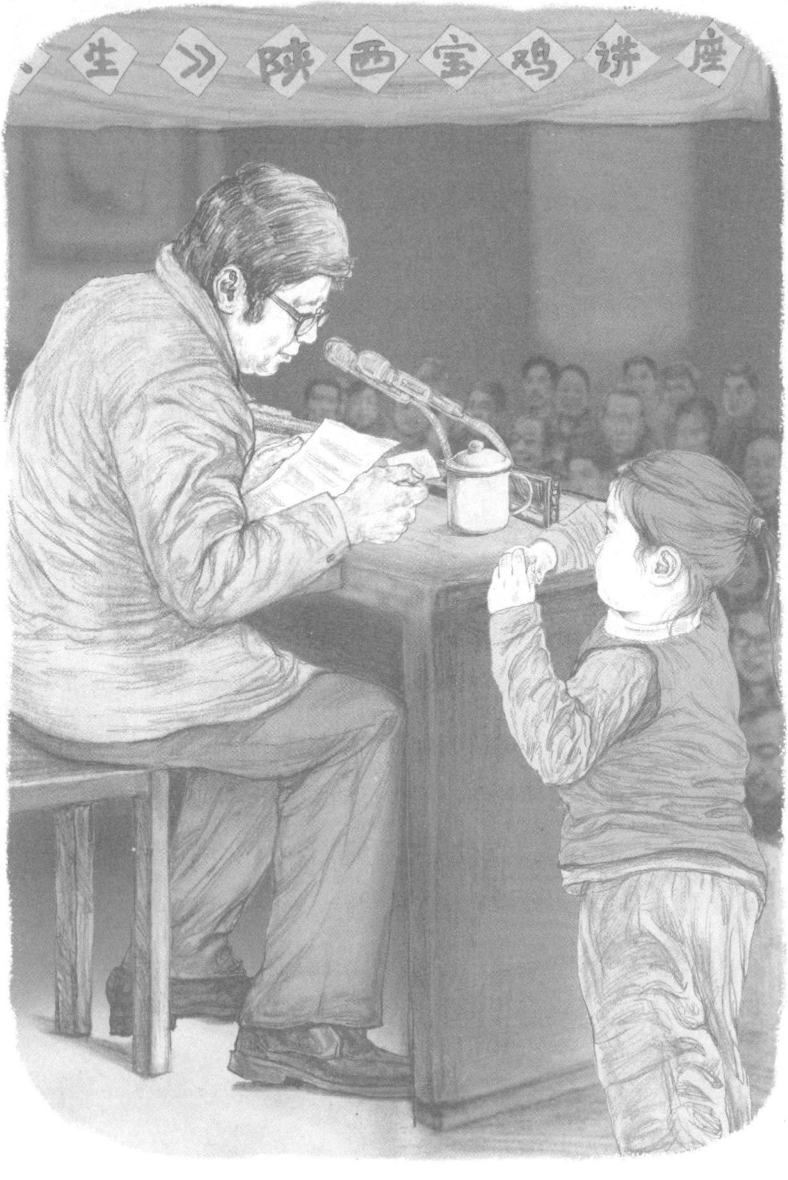
生习陕西宝鸡讲座

# 《人生》里的人生哲理

《人生》的故事发生在黄土高原。主角高加林高中毕业以后，回村当了民办教师，过了几年顺风顺水的生活。一天，他突然被村支书的儿子顶了差，当不了老师，只能做回农民。

同村美丽善良、家境很好的刘巧珍一直暗恋着高加林，两个人开始了热恋。高加林一直没有放弃离开农村的想法，他向在外面"当官"的叔叔求助，希望他能帮自己脱离农村，遭到了拒绝。巧合的是，叔叔从外地调回本地工作，有人为了巴结讨好他叔叔，自作主张把高加林调去了县里当通讯员。高加林因此再次获得远离农村的机会。

进城后，高加林与刘巧珍分手，和高中同学黄亚萍相爱。黄亚萍的前男友有一对溺爱儿子的父母，他们自作主张给儿子出气，状告高加林"靠关系、走后门得到现在的工作"。高加林又被解聘回村，再次陷入绝境。

这个时候，有人落井下石，说高加林的坏话。刘巧珍却不计前嫌，为高加林说情，希望村里增加民办教师名额，让他继续任教。高加林终于明白了刘巧珍的一片真心，但此时的刘巧珍已经是别人的妻子了……

这个发生在黄土高原上的故事，细腻地展现出二十世纪八十年代身处时代变革洪流中的年轻人，在浮躁、前程莫测的青春中，在恋爱、就业、婚姻、价值观、理想等方面遭遇的内心转变。

《人生》聚焦严肃的社会问题：社会转型时发生了哪些变化？底层人民的生活受到了什么影响？他们又会做出怎样的人生选择？同时给出"人生要积极进取，散发勃勃生机"等回应时代需要的答案。

比如，在面对失败挫折时，一个人不该变得懦弱、悲观、绝望，而是要以百折不挠的精神克服和超越它。书中，刘巧珍被高加林"甩"了，大家议论"她就是不寻短见，恐怕也要成个神经病人"。可是，刘巧珍却在这场痛苦的洗礼后，扫除了蒙在幸福上的浮尘，和一直追求她的马栓结婚了，从此过上了安稳的日子。

刚强的姑娘！她既没寻短见，也没神经失常；人生的灾难打倒了她，但她又从地上爬起来了！就连那些曾对她的不幸幸灾乐祸的人，也不得不在内心里对她肃然起敬！

……

家里谁也劝说不下她，她天天要挣扎着下地去劳动。她觉得大地的胸怀是无比宽阔的，它能容纳了人世间的所有痛苦。

再比如，当感到生活不如意时，换个角度看生活会获得新的生机。文中老光棍德顺大爷年轻时也恋爱过，却因为穷，没能与心爱的人结为伴侣。不过他并没有灰心丧气，一生没有结婚，生活也过得有滋有味。

我，快七十岁的孤老头子了，无儿无女，一辈子光棍一条。但我还天天心里热腾腾的，想多活它几年！别说你还是个嫩娃娃哩！我虽然没有妻室儿女，但觉得活着总还是有意思的。我爱过，也痛苦过；我用这两只手劳动过，种过五谷，栽过树，修过路……这些难道也不是活得有意思吗？

纵观整部小说，《人生》除了展现人与人之间的亲情、爱情、友情和乡情，更难得的是，写出了人间博大的爱、无私的爱。

刘巧珍是一位有着高尚情操和美好品格的女性。她深爱着高加林，但这种爱又不是自私的占有，而是一种为对方祝福的真挚之爱。尽管已经与高加林分手，但在他遭受他人讥讽嘲笑时，她依然为他说话，为他寻找未来的出路。

刘巧珍的丈夫马栓是一个矢志不渝的男人。他爱刘巧珍，曾三番五次地去提亲，得知刘巧珍被高加林抛弃，马栓不顾众人的眼光，坚持要娶刘巧珍。高加林被辞退回村以后，刘巧珍跟马栓说，高加林不习惯在地里劳动，还是希望他有机会教书。马栓毫不介意高加林和刘巧珍之前的关系，爽快地答应下来，帮高加林说好话。

高加林最初被顶替教职，落魄地回了村，本以为大家都会瞧不起他，没想到的是，大多数人对他没有任何恶意和嘲笑，都很真诚地安慰他。有的说："回来就回来吧，你也不要灰心！"有的说："天下农民一茬子人哩！进门外和当干部的总是少数！"还有的说："咱农村苦是苦，也有咱农村的好处哩！旁的不说，吃的都是新鲜东西！"更有人说："慢慢看吧，将来有机会还能出去哩。"

老光棍德顺一辈子得到的不多，给别人的却不少。他用大爱之心安慰落魄的高加林："你小子不知道，我把树上的果子摘了分给村里的娃娃们，我心里可有……幸福！不是么，你小时候也吃过我的多少果子啊！你小子还不知道，我栽下一拨树，心里就想，我死了，后世人在那树上摘着吃果子，他们就会说，这是以前村里的光棍老汉德顺栽下的……"

经历人生起伏的高加林感慨："亲爱的父老乡

亲们！他们在一个人走运的时候，也许对你躲得很远；但当你跌了跤的时候，众人却都伸出自己粗壮的手来帮扶你。他们那伟大的同情心，永远都会给予不幸的人！"

在一些人眼里，家乡的苦难是自怨自艾的源头，但在路遥的《人生》中，这些唤起的是满怀深情的感恩与美好的向往。

在小说《人生》中，各个人物虽然有这样那样的不顺，也有难以跨越的沟沟坎坎，却没有一个人悲观绝望。路遥和他小说里的不少人物，都把苦难和挫折当作成长的阶梯、人生的磨刀石。最后，他们都跨越重重苦难，走向更加美好的人生。

# 书写黄土地的故事

一个人与自己的故乡是永远紧密相连的,书写黄土地的故事、黄土地精神是《人生》的主题。

《人生》开头描写黄土高原上大雨来临前的天地变化,暗示时代变革即将到来。第二章描写高加林第一次失意后从大自然处得到的一点儿安慰,也饱含了路遥对家乡和黄土高原的热爱。小说写道:

> 黄土高原八月的田野是极其迷人的。远方的千山万岭,只有在这个时候才用惹眼的绿色装扮起来。大川道里,玉米已经一人多高,每一株都怀了一个到两个可爱的小绿棒;绿棒的顶端,都吐出了粉红的缨丝。山坡上,蔓豆、小豆、黄豆、土豆都

在开花，红、白、黄、蓝，点缀在无边无涯的绿色之间。庄稼大部分都刚锄过二遍，又因为不久前下了饱墒雨①，因此地里没有显出旱象，温润润，水淋淋，绿蓁蓁，看了真叫人愉快和舒坦。

主角高加林是个游走在城乡之间的农村青年，有着很矛盾的心理状态。他不同于一般农民，虽然一心向往城市生活，但一直不忘家乡的山水和土地，心里念着辛勤劳动的美好。高加林与刘巧珍热恋的时候，一下子从灰心丧气中苏醒过来，让爱的暖流漫过精神的冻土，重新激发出对生活的热情。

爱情使他对土地重新唤起了一种深厚的感情。他本来就是土地的儿子。他出生在这里，在故乡的山水间度过梦一样美妙的童年。后来他长大了，进城上了学，身上的泥土味渐渐少了，他和土地之间的联系也就淡了许多。现在，他从巧珍纯朴美丽的爱情里，又深深地感到：他不该那样害怕在土地上

---

① 饱墒雨：当土地持续干旱时，一场让土地变得足够湿润以适应农耕种植的雨。

生活；在这亲爱的黄土地上，生活依然能结出甜美的果实！

不论高加林怎么变，骨子里还是黄土高原的儿子，不变的是他对这方土地的热爱。

高加林进城之前，和刘巧珍告别的时候，心里一下子涌起了一股无限依恋的感情。他不论再怎么渴望离开这里，去更广阔的天地生活，在内心深处，也还是深深热爱着这片生他养他的故乡。

另一次，高加林到城里向乡下运粪。虽然浑身又脏又臭，他还是感到充实快乐，因为他知道，劳动是艰苦的，但在艰苦中又有它的乐趣。

刘巧珍失恋以后，变得百无聊赖，做什么事都不得劲，但就在她陷入灰暗情绪的时候，给她些许安慰的，依然是她对家乡和黄土地的留恋，还有对于美好生活的向往。

她曾想到过死。但当她一看见生活和劳动过二十多年的大地山川，看见土地上她用汗水浇绿的禾苗，这种念头就顿时消散得一干二净。她留恋这个世界;她爱太阳,爱土地,爱劳动,爱清朗朗的大马河,爱大马河畔的青草和野花……她不能死!她应该活下去!她要劳动!她要在土地上寻找别的地方找不到的东西!

路遥不仅写出了刘巧珍的坚强,更写出了一种经历挫折后的人生升华。这也是一种黄土地精神,是任何一种负能量都打不倒的对生活的热爱。

小说还塑造了老光棍德顺大爷的形象。德顺大爷看着高加林长大,也一直看好他的前程。高加林抛弃了刘巧珍,跟黄亚萍在一起以后,德顺和高加林的父亲高玉德去城里劝说高加林。

德顺大爷说:"你是咱土里长出来的一棵苗,你的根应该扎在咱的土里啊!你现在是个豆芽菜!根上一点土也没有了,轻飘飘的,不知你上天呀还是入地呀!"他还强调,"不管你到了什么时候,咱为人的老根本不能丢啊……"

当高加林再次被辞退回村,鸡飞蛋打,没了生活的勇气时,德顺大爷用枯瘦的手把四周的土地山川指了一圈,说道:"就是这山,这水,这土地,一代一代养活了我们。没有这土地,世界上就什么也不会有!是的,不会有!只要咱们爱劳动,一切都还会好起来的。再说,而今党的政策也对头了,现在生活一天天往好变。咱农村往后的前程大着哩,屈不了你的才!娃娃,你不要灰心!一个男子汉,不怕跌跤,就怕跌倒了不往起爬,那便变成个死狗了……"

这是德顺大爷对家乡、土地和劳动的纯粹的爱,也是黄土高原人民特有的一种达观性格。

路遥在黄土地上吃过苦,受过难,伤过心,也遭过辱,却一直热爱这方土地,也爱这里的人民,对生活始终怀有积极向上的信念。

# 向偶像和大自然问路

献身文学事业的人,如跑马拉松,不是比谁快,而是看后劲儿。

《人生》出版后,路遥和他的这部代表作一起火了。处于这样的"人生巅峰",一些人已心满意足,但路遥在《人生》大获成功后,却忧心起来,因为他想创作出超越《人生》、超越自己的作品。

一次,好友陈泽顺看着路遥无精打采,就问他:"你怎么有点心事重重的?"

路遥长叹道:"什么时候能做到'想写什么就能表达出什么'就好了。"

"《人生》还没写出你想写的东西?"

路遥回答:"是的,没有。我总觉得没写出自己最好的东西。"

但"最好的东西"在哪里呢？又是什么呢？

路遥的创作一时陷入了困顿之中，每到这个时候，他就会到他的偶像柳青的墓前，一个人静静地坐很长时间。他看着墓前的枯草在风中摇曳，也会向这位精神导师说说自己的心里话，还会绕着墓地走几圈。柳青虽然已经离世，但在路遥心里，他一直还活着，并且仍是那样目光炯炯地凝视着他，不断地对他说鼓励的话。

有时，柳青重病和病危时的画面会像放电影一样，在路遥的眼前呈现……

柳青伏在那张破旧的圆桌上，比以往更使劲地用蝇头小楷不分昼夜地写作。他蜡黄的脸上，汗珠一串串淌下，枯瘦颤抖的手指来不及揩掉。

编辑们不断听到柳青被抬进急救室，又不断收到《创业史》第二部的稿子，在字里行间似乎能听到作家的喘息声。

柳青在医院全身插着管子，忍受着常人难以忍受的痛苦在写作。病情危急时，柳青双目紧闭，喘成一团，脸立刻变得像荞麦皮一样黑青，但几次又能神奇地活过来。只要活过来，稍微有点力气，柳青就继续伏案写作，提起笔，铺开稿纸，投入笔下那些或可爱或可憎的人物里去。

柳青快要倒下时，他手里握着氧气瓶，还在继续写作，追求自己的文学事业。他觉得最好把所有"文学健将"都甩在身后，而不是用脚去绊倒跑在前面的人，他只想用自己最后的余力向前冲刺，与死亡一分一秒地争夺时间。

柳青在雕刻《创业史》里的人物，也在雕刻自己不屈的形象。这个形象比他创造的人物更有意义，祖国需要更多有进取心的人，他是个具体的、活生生的楷模。

路遥坐在柳青的墓前，有时一坐就是好几个小时，跟着这些回忆的画面重温柳青的音容笑貌，他的内心和灵魂就会像经过了一次洗礼。当路遥站起身，所有的悲观与不快都会烟消云散，他又充满信心地投入到新生活与小说创作中。

对于榆林地区的毛乌素沙漠，路遥有一种特殊的感情。每当处于人生的关键时刻，他都会前往那里，在休养生息中获得灵感与启示，也得到坚定的信心与决心。路遥称毛乌素沙漠是他的福地，也是一片神圣的净土。

一次，在写大作品之前，路遥又来到毛乌素。

最吸引路遥的是，身处沙漠带来的一种无比辽阔的苍茫感。这里没有城市的喧嚣，也没有人语的嘈杂，在孤独中出现使人澄澈的静谧。在这里，人的功利心被洗刷得干干净净，让人保持清醒，认识到自己的渺小。在浩瀚的天宇和广阔无边的沙漠中，人的灵魂变得自由快乐，仿佛能飞起来。当带着困惑走进沙漠，一个人就会重拾信心，无所顾忌地想去开拓新生活。

沙漠还会让路遥感到异常温暖，像投入母亲温柔的怀抱。赤脚走在沙漠中，细细的沙粒与脚趾缝融为一体，爱的情愫会在不知不觉间油然而生，触动人的神经。当把自己变成个"大"字，四仰八叉地交给沙漠，眼望高深莫测的天穹时，身体仿佛被一种绵软的力量托起。这时的路遥会热泪盈眶，一种爱的热流传遍周身，像通了电似的。这是一种神圣感，是精神在接受沐浴和洗礼。

一个人静静地躺在沙漠中，不远处的枯草仿佛在瑟瑟发抖，夕阳西下，将身边的沙粒照得辉煌。抓两把细沙入手，路遥扪心自问：值不值得再搏一把，用自己的命写出更有价值的作品？可能成功，也可能失败，哪怕是颗粒无收，也不能放弃努力！他想起父亲，那个在山间田地辛苦劳作的小个子父亲，即使一年下来一无所获，他亲爱的父亲也不会罢休，还是会一如既往、心平气静地春种夏耘，不会过多考虑秋后的收成。

走在沙漠之上，步履艰难，比走在城市平整的人行道上更沉重。不过，路遥从中体会到：生命的真义不正是永不停止的跋涉吗？一条沙河永远不可能是直的，黄河九曲十八弯，窗户玻璃上的雨水也要流下一道弯痕。可是，它们从不会停下前行的脚步，而是坚定地奔向生命的终点。

走出毛乌素大沙漠，路遥感到精神和生命的力量又回来了。他的信心像充满气的气球跃跃欲试，向天空，也向着梦想，更向着看不见的远方启程。

路遥在心中默念：我要忘掉写过的《人生》，

忘掉得过的奖,忘掉给我的荣誉,忘掉鲜花和红地毯。我要重新出发,我仍是一无所有的农家子,像当年七岁赤手空拳离开父母,离开家乡,去寻找自己的生存之路一样。

离开大沙漠,在回来的路上,路遥的脚步轻松有力,完全不似去时腿如灌了铅的样子。此时,他已经看到北斗星,和它指明的方向。

# 下定决心写一部大书

　　路遥心里一直萌动着一个大计划——写一部传世的"大作品"。对他来说,《人生》虽然是一部好作品,但它只是一部中篇小说,"大作品"应该是能给人带来强烈震撼感的长篇小说。

　　路遥有个得诺贝尔奖的梦想,还做过调查,那些诺贝尔文学奖得主,不少人是在四五十岁时,就写出了经典巨著。因此,路遥暗下决心,一定要在四十岁前完成这部大作品。

　　这个梦想让路遥很是焦躁,也给他带来莫名的苦恼。空闲的时候,他就一个人在作家协会的院子里散步,有时一直呆坐在花坛边或角落里,沉默不语。许多人都对此感到奇怪,觉得路遥有点魔怔了,但又不好打扰他。

一天,西安下了大雪。雪从早上起就纷纷扬扬地下着,整个世界一片白茫茫的。路遥饶有兴致地出了门,将自己投进了大雪之中。

雪花欢欢喜喜地飘洒,好像在跟谁说悄悄话,天空和大地默默不语。路遥静静地站在雪地里,四顾茫茫,有一种说不出的郁闷。他抬起头看天,雪片落在他的脸上、嘴边、眼睛上面,很快就融化了,送来阵阵清凉。

路遥不知站了多久。突然,他好像想起了什么,大声喊叫起来,跑回去把还在床上贪睡的弟弟王天乐拉了出来,要他立即收拾东西,离开西安。

路遥不容置疑地对弟弟说,有重要的事情,必须马上办。

弟弟莫名其妙,这是要去哪儿啊?却又不敢多问,只能顺着哥哥的意思,两个人一起往火车站赶。兄弟俩搭上火车,从西安急匆匆赶到兰州,这里也是一片银装素裹的雪世界。

他们先在宾馆住下。洗完澡,路遥冲了杯热咖啡喝,然后就在房间里来回走动起来。不知过了多久,路遥突然对弟弟说:"昨天早上,站在雪地里,我有了一个大灵感。这灵感很早也来过几次,都不太清晰,一时也没有抓住。这次算是抓住了,把我激动得喘不上气来。"

路遥形容了半天,弟弟还是不明就里。他半张着嘴,等哥哥说出下文。根据以往的经验,越是催哥哥,越得不到答案,还更容易挨批。

这一次,路遥像是发表演讲似的,郑重地说出了一个大计划:"多年来,我一直在动脑子构思一部大书,就像柳青的《创业史》一样。现在明白了,我一定得写一部大书,给陕北历史做一个交代。从我们村子写起,一直写到延安、铜川、西安……用一百个人物,讲出一九七五年到一九八五年这十年的巨变。"

弟弟很喜欢这个想法。兄弟俩十分激动,用几天几夜讨论这部大书——与《人生》既有联系又有区别,既有继承又有发展,是一个饱含路遥雄心壮志的新世界。

他们先是绘制了小说中故事发生地的地图,然后列出人物和地名表,初步定下来,这部长篇小说的体量在一百万字以上,分为三部曲:《黄土》《黑金》《大城市》。

哥儿俩日夜奋战,房间的灯一直亮着,人也不出门。别人从外面看起来,总觉得这两个人鬼鬼祟祟的。一天,服务员带着五六个人闯进来查房,扫了一眼,发现他们并没有在做什么危险的事,也没有什么特别奇怪的地方,只是双眼通红、一脸疲惫地埋头在一堆稿纸中写作。

路遥有了故事的初步设想后,就马上开始动工了。他把时间都用来读书和实地考察,准备去当地深入体验生活。光是准备工作,就用了足足三年时间,这期间他很少参加朋友聚会,也推掉了很多研讨会的邀约。

到故事发生地实地考察,是偶像柳青教给路遥的。当年,柳青为了写《创业史》,去了陕西省的皇甫村,一待就是十四年。路遥受到了很大的启发,也明白了伟大的作品绝对离不开土地、人民,离不开实实在在的生活。一个写社会现实的作家,一定要关注、接触并深入底层人的世界。

在准备期间,路遥先是读了近百部世界名著,认真学习借鉴大师的作品,再把改革开放前后十年的《人民日报》《参考消息》翻阅了一遍,了解这些年的国内和国际大事。他日夜苦读,手指几乎没离开过书本,用来翻读的手指肚都磨破了。

准备的最后阶段,路遥为了让小说情节更贴近生活,直接下煤矿体验生活。他穿戴好矿工的服装,满脸乌黑,亲自体验工人的艰辛、苦难,以及希望与梦想。另外,为了写好一个"二流子"的形象,路遥与弟弟还特意跑了一趟南方,体会一下"吃了逛,逛了吃"的浪荡状态。

# 经典著作是怎样炼成的

一九八五年秋,路遥带着参考资料,去了铜川的一个偏僻煤矿,在那里的一间小会议室里开始写作《平凡的世界》第一部。

煤矿的居住条件很差,但路遥觉得,多吃点苦,多体会煤矿工人的生活,对写作是没有坏处的。

另外,路遥认为,要拼命完成此生夙愿,就不能太安逸。他经常默默告诫自己,排斥舒适,斩断温柔。在暴风雪中扑打飞翔,才能练出刚劲豪迈的双翼;只有让稚嫩纤细的手指爬满老茧,才能弹奏出动人的绝响。

刚开始,路遥写得并不顺利。在他看来,小说的开头是至关重要的。第一自然段、第一行，乃至第一个字，都应该是无比神圣的。

要如何打开这部小说的大门？路遥反复试写，写了又撕，撕了又写，一直都不满意。整整三天三夜，地上躺了一地的草稿纸团，小说的开头仍然毫无头绪。路遥吃不下饭，也睡不好觉。

实在卡住写不下去时，他就躺在床上，直视黑暗，让孤寂包裹住自己。他仿佛一个深陷漩涡的落水者，因找不到解救自己的出路而感到绝望。那时的路遥曾经怀疑过自己的能力：开头就这么难，这上百万字的大书，猴年马月也完不成啊！这种内心煎熬折磨得他想抱头大哭一场。

烦躁不安的路遥给弟弟打电话。弟弟安慰哥哥："一定要平心静气，不能操之过急。就像孕妇被送进产房——谁都帮不上忙，只能靠自己啊！"

弟弟口中质朴的道理触动了路遥焦躁不安的心，藏在他骨子里的不畏艰难的黄土地精神，压下了焦虑和不安。路遥平静下来，给弟弟留言："三天内，我不给你打电话，就是小说的'头'开好了。"

王天乐好几个晚上都睡不好觉，白天也心神不宁，就怕哥哥来电话。好在一切顺利，他没有接到哥哥的来电。

弟弟的话让路遥突有所悟——他总想写出来一个无比耀眼的开头，一下子就抓住读者，可是，这种想法是没有必要的。许多好作品都是以一个平静的节奏开始的，把最大的冲击力放在后面，让整部书的情节"一浪高过一浪"，不断向前推进。

路遥的眼睛变得明亮起来，在黑暗中变成了一道光。一个沉稳又富有韵味的开头，顺着路遥的笔端静静地流淌出来：

一九七五年二三月间，一个平平常常的日子，细濛濛的雨丝夹着一星半点的雪花，正纷纷淋淋地向大地飘洒着。时令已快到惊蛰，雪当然再不会存留，往往还没等落地，就已经消失得无踪无影了。黄土高原严寒而漫长的冬天看来就要过去，但那真正温暖的春天还远远地没有到来。

小说有了一个满意的开头，路遥的写作也顺畅起来。

写长篇小说，像是织一张大网，既要考虑整体布局与构想，又要注意细节，不能出现前后不一致的地方。

在整体布局方面，路遥觉得，优秀的作家要学习前辈们的经验教训，树立自己的风格，敢于走进"无人区"探索，开辟新的写作思路。最难能可贵的写作方式是不走寻常路，不玩固定的套路，顺应自己的心声，用心灵自然地写作。

在细节方面，路遥认为作家写作的时候，要像农民耕地、工匠铸铁那样，遵守事物发展的一般规律，才能写出感人又不失真的好作品。

另外，路遥每次走到书桌前，都有一种神圣的使命感，把写作的每一天，都当成是人生的最后一天发奋努力。就这样，他的写作进入了一种全新的境界。写好的稿纸一页页摞起来，放在桌子上，不断升高、加厚。转眼间，《平凡的世界》第一部已经写了十三万字——达到《人生》的字数了，路遥不禁一阵狂喜。很快，小说又突破了二十万字。

这样写作是非常耗费心神的，每当完成一天的工作量，路遥躺在床上，总有一种整个人被掏空的感觉。

路遥在散文《早晨从中午开始》中提到当时的情形：托尔斯泰五十万字的通信录像金矿一样珍贵，把他从浑浑噩噩中唤醒，送来一丝温暖的安慰。路遥每晚都会读上几页，既是精神食粮，也是一种鞭策。无数个夜晚，路遥沉浸在托尔斯泰的伟大思想中，不知不觉进入梦乡。

一个人在矿区，特别是过年过节的时候，路遥也会感到孤独。每当这时，他就会想起都市的灯光，想起自己的家人，特别是可爱的女儿。每到这个时候，他就忍不住会泪流满面。

路遥怕孤独，又喜欢孤独。写作《平凡的世界》期间，每逢下雨下雪，路遥的精神都会格外地好。这位黄土地的儿子常常在绵绵的细雨和飘扬的大雪中，感叹天地的神奇造化。

他曾说："雨天，雪天，常有一种莫名的幸福感。我最爱在这样的日子里工作，灵感、诗意和创造的活力能尽情喷涌……愿窗外这雨雪构成的图画在心中永存。愿这天籁之声永远陪伴我的孤独。雨雪中，我感受到整个宇宙就是慈祥仁爱的父母，抚慰我躁动不安的心灵，启示我走出迷津，去寻找生活和艺术从未涉足的新境界。"

路遥心中、笔下的黄土高原辽阔又沧桑，和雨雪的精魂彼此交融。在与天地万物的对话中，路遥不再是孤身一人，心中充满了勇气。

# 走入《平凡的世界》

　　路遥没白天没黑夜地写了好几个月,终于在一九八五年底完成了《平凡的世界》三部曲的第一部。第一部是整部的序曲,路遥让众多人物悉数登场,并全景式展现了故事发生的时代背景。

　　《平凡的世界》讲的是年轻人在磨砺中不断成长的励志故事。故事发生在一九七五年到一九八五年间的双水村等地,小说的主人公是孙少安和孙少平兄弟。出身于农民家庭的两位少年,在时代的浪潮里,分别开启了自己平凡但又可歌可泣的人生。

　　孙家兄弟出身贫寒,家境很差,用小说的话说就是"家里的光景还是像筛子一样到处是窟窿眼"。不过,兄弟俩虽穷志不短,没有被贫穷束缚住手脚，在改革洪流中坚毅、勇敢地拼搏，努力创造属于自己的未来。

故事开头，哥哥孙少安在村里广结善缘，二十三岁就自力更生，成了村里很有发展潜力的杰出青年；弟弟孙少平是中学生，只有十七岁，出了名地爱读书、关心国内外大事，他有不服输、吃苦耐劳的精神，凭借刻苦学习成为班级里的尖子生。

孙少平为人和善，要好的女同学郝红梅抛弃他与顾养民在一起后，他没有嫉妒，还自我反思，觉得是自己不够好。但孙少平不是一个懦弱的"软柿子"，当遇到不公时也会打抱不平。村里人都说孙少平与众不同，是一个既明理又硬气的年轻人。

孙少安在很年轻的时候就接受"自己是一个普通人"的现实，安心过普通人的生活，不会想得太多、太远。

这不意味着他的人生是庸俗的。他渴望的是在平凡的世界中认真地过活，即使是做最为平常的事，也有不平常的看法和做法，积极地应对人生中的各种考验和磨砺。

但孙少安坦然接受的现实，却成了他在恋爱中自卑的根源。他与双水村支部书记田福堂的女儿田润叶青梅竹马，从小一起长大。田润叶一直觉得她与孙少安是天生一对，长到二十二岁从没想过要和别人结婚。她采取非孙少安不嫁的态度，对他展开恋爱攻势。

孙少安也爱田润叶，但他不敢妄想和她走到一起。他觉得自己出身农民家庭，没钱也没地位，配不上田润叶。内心的挫败感，让他将田润叶看成妹妹，以一种自欺欺人的方式解释自己对田润叶的好。与此同时，田润叶的父亲田福堂多次警告孙少安，让他离田润叶远一点儿，孙少安的心更凉了。

他越来越清楚，他要是答应了润叶，实际上等于把她害了。像她这样的家庭和个人条件，完全应该找个在城里工作的人。她现在年轻，一时头脑热了，要和他好。但真正要和他这样一个农民开始生活，那苦恼将会是无尽的。她会苦恼，他也会苦恼。而那时的苦恼就要比现在的苦恼不知要苦恼多少倍！

在种种人生矛盾的冲击下，孙少安最后伤心地拒绝田润叶，跑到山西娶了一个不要彩礼的农民姑娘。

和哥哥不同，孙少平摆脱了"身份桎梏"，最后与田福堂的侄女田晓霞越走越近，慢慢成了男女朋友。

田晓霞是基层干部田福军的女儿，在她的影响下，孙少平一直关注双水村以外的广阔大世界。孙少平的视野比一般人要宽广，但他并没有因此而骄傲自负，把自己当成不得了的人才。他心里非常清楚，自己归根结底还是农民的儿子。

孙少平在农村长大，知道在这片无垠的黄土地上，有本事的人多了去了。不管他们穿得怎么样，文化水平高不高，都各有各的能耐。在这厚实的土壤里，虽然多的是平凡的小草，但总能长出栋梁之材。

孙少平在心境上超越了哥哥孙少安。出身农村的他，有着超越常人的视野和胸襟，能跳出一般的城乡身份桎梏，成为一个在城市和农村来去自如的"新青年"。

《平凡的世界》这部作品生动地展现了孙少安、孙少平兄弟两人的人生旅程，他们的亲情、爱情、友情、事业，随着故事展开缓缓铺陈在读者面前，路遥至真至纯的文字让无数读者与两兄弟共情，共同经历平凡又可歌可泣的成长历程，并在其中感悟人生的真谛。

　　《平凡的世界》还是一部致敬黄土高原的著作。在书中正文的第一页上有这样一句话："谨以此书献给我生活过的土地和岁月。"

　　就在这大自然无数黄色的皱褶中，世世代代生活和繁衍着千千万万的人。无论沿着哪一条"皱纹"走进去，你都能碰见村落和人烟，而且密集得叫你不可思议。那些纵横交错的细细的水流，如同瓜藤一般串连着一个接一个的村庄。荒原上的河流——生命的常春藤。

　　路遥不仅在故事中讲这片黄土地的贫瘠与荒凉，更强调隐藏在苦难中的巨大生命力。

农历五月的黄土高原，阳光明媚，不凉不热，原野里也开始热闹纷繁起来。麦黄，杏黄，枣花黄；安详的蝴蝶和忙碌的蜜蜂在花间草丛飞来飞去。晶莹的小河水映照着蓝天白云，映照着岸边的青杨绿柳。这季节，除过回茬荞麦，农人们已经挂了犁，紧张地进入了锄草阶段。所有的庄稼人都脱掉鞋袜，赤裸着双脚踩踏在松软的黄土地上，多么舒坦啊！

黄土高原上倔强生长着的人们，和大地母亲一起载歌载舞，在自然的四季流变中，走过自己人生的春夏秋冬。《平凡的世界》是一曲黄土高原的赞歌，更是一场每个黄土地人都参与进来的、最为动情的合奏。

# "不被看好"的小说

《平凡的世界》第一部初稿完成后,路遥在接下来的几个月里一直都在修改。

写作不容易,修改也不轻松,除了对稿子字斟句酌,作家还要思考更多的东西,比如让人物关系更可信、细节更真实、逻辑上更合理等。对作家来说,修改的过程,相当于再写一部小说。

路遥改起稿子来,和写作一部新书一样认真。在没有电脑的年代,作家创作时都是将文稿手写在格纸上的。路遥亲自将修改稿工工整整地抄在格纸上,不请人代劳,生怕出了差错。

他曾说:"一座建筑物的成功,不仅在总体上在大的方面应有创造性和想象力,其间的一砖一瓦都应一丝不苟，在任何一个微小的地方都力尽所能，而绝不能自欺欺人。偷过懒的地方，任你怎么掩饰，相信读者最终都会识别出来。"

路遥对文稿一丝不苟，在取书名上更是精益求精。路遥最开始想的系列书名是《走向大世界》，三部曲的书名分别是《黄土》《黑金》和《大城市》。后来，系列书名改为《普通人的道路》，最后改为《平凡的世界》。

和《人生》一样，《平凡的世界》第一部的发表和出版并不顺利，一些编辑拿到初稿后觉得小说的题材和写作手法不够新颖，太"土气"了。

中国文联出版公司的编辑李金玉去西安时，听说路遥手上有部长篇小说，就去约稿。初见时，李金玉眼中的路遥胖胖的，穿一件棕色开衫毛衣，黑边眼镜的一个镜片碎了，眯着眼睛笑着看人，像只棕熊。

李金玉忍不住把这个印象告诉路遥。路遥自己一直爱开玩笑，也乐于别人开他的玩笑。听了李金玉的调侃，他不但没生气，还哈哈一笑，开始管自己叫"老熊"。

李金玉拿着路遥的稿子回到北京,很多人都不看好。在李金玉的坚持下,一九八六年《平凡的世界》第一部在中国文联出版公司出版。另外,在《花城》杂志副主编谢望新等人力推下,《花城》杂志一九八六年第六期发表了这部小说。

《平凡的世界》第一部发表后,在北京召开了作品研讨会。多数评论家对作品的评价并不是很高,有的还提出尖锐的批评,甚至予以彻底的否定。

自己穷尽心力的作品一开始就触礁碰壁,路遥心中的挫败感不可谓不大。这位黄土地的儿子,曾在幼年时被饥饿折磨,在青年时被自卑困扰。此时此刻,成年的他怀抱创作史诗般巨著的梦想,再一次被现实冲击。深藏在路遥骨子里的黄土地精神,是否能像过往一样,以困难为养料,助他生出无穷无尽的干劲?

# 带病创作

评论家的话在路遥的心中洒下一片阴霾,但他对《平凡的世界》充满信心,内心的力量支持他继续向前迈步。

路遥在尊重评论家意见的同时,坚持自己的风格,全身心地投入到《平凡的世界》第二部的写作中。这一次,路遥选择在陕北吴起县的一个普通窑洞里写作。

《平凡的世界》第二部的写作非常顺利,也异常艰苦。窑洞里只有一张单人床、一张桌子等几样简单的家具。桌子上除了资料,还有几块碎馍馍、半袋粗饼干,这些都是路遥"备战"写作用的。他一般从下午三四点开始写作,一直熬到第二天凌晨才去睡觉。路遥经常写着写着,就忘了吃饭。实在饿了,他就抓过一把干粮塞进嘴里,就算是吃过东西了。

有的时候,路遥实在太累,窝在沙发上就睡着了。口水顺着他半开半合的嘴角一直向下淌,把沙发扶手都浸湿了一大片。

写到筋疲力尽的时候,路遥会想起自己去医院看望柳青的情景。他曾亲眼看到,已病入膏肓的柳青向医生哀求:"让我再活几年吧,我不是贪生,我只是想把《创业史》写完呀!"

偶像柳青"扎根农村,用生命写作"的精神始终深深地震撼着路遥,他曾在散文《不丧失劳动者的感觉》中写道:"写小说,这也是一种劳动,并不比农民在土地上耕作就高贵多少,它需要的仍然是劳动者的赤诚而质朴的品质和苦熬苦累的精神。和劳动者一并去热烈地拥抱大地和生活,作品和作品中的人物才有可能涌动起生命的血液,否则就可能制造出一些蜡像,尽管很漂亮,也终归是死的……我相信这样一句名言:人可以亏人,土地不会亏人。"

如果不亲身经历痛苦与艰辛，怎么能把情感带到笔下，让书里的那些角色染上真实的色彩和情感呢？每每想到这些，路遥又会精神百倍地再次投入到写作之中。

每每有朋友来看望路遥，都会心疼他的状况。"这样为创作受苦，实在是不值得啊！"他们劝说路遥，"别跟自己过不去。"路遥听了，总是什么话都不说，只笑一笑作为回应。

后来，路遥又辗转到延安、西安继续写作。这时的路遥已经是肝硬化晚期，劳累使他频频吐血，无法继续写作，必须住院接受治疗。幸好，陕北有一位知名中医能治他的病。经医生的一番调理，路遥的病大有好转。见病情有起色，路遥再次投入到写作之中。

《平凡的世界》第二部一共有五十五章，故事讲述改革开放以后，双水村及陕北发生的巨大变化。这部还是以《平凡的世界》第一部的主人公孙少安、孙少平兄弟为主线，写他们是如何通过奋斗走出困境，有了全新的生活。在故事的最后，孙家也再不像从前那样，笼罩在田家和金家的阴影之下了，孙少安和孙少平终于在全村扬眉吐气。

第二部的故事中，改革开放已经开始。村支书田福堂全力抵制联产承包责任制，孙少安却积极带领生产队往前冲。孙少安因为进城拉砖，建烧砖厂，成了公社的"冒尖户"，大伙儿的榜样。

弟弟孙少平高中毕业后，回村当了民办教师，教了三年书。他不甘心在农村待一辈子，也不愿意跟着哥哥在砖厂干活。孙少平坚持自己的青春梦想，想去外面的世界闯荡。

面对未来，孙少平说："忘掉！忘掉温暖，忘掉温柔，忘掉一切享乐，而把饥饿、寒冷、受辱、受苦当作自己的正常生活……"

孙少平先在县城找了个背石头垒窑的活儿。他以前没干过重活，后背细皮嫩肉的，一下子就被石头磨得血迹斑斑。女主人同情孙少平，动了恻隐之心，换了个轻快的活计给他。孙少平在心里默默感恩：在这严酷的环境中，竟然也感觉到了人心的温暖。

后来，孙少平又去工地当建筑工，不时从田晓霞那里得到关爱。田晓霞有一种黄土高原的姑娘独有的质朴和亲切。当他们雨天同撑一把伞时，当她把自己碗里的肉挑出来夹给他时，当他们一起读书和欣赏诗歌时，当她给他换上新被和新床单时，孙少平总能感到温暖。

田晓霞毕业后，被分配到省里当记者。孙少平非常羡慕，心里也免不了有些酸酸的。不过，和哥哥不一样，无论命运怎样安排，孙少平都要去努力争取自己的未来。即使没法和田晓霞同行，孙少平也要走出自己的道路。幸运的是，经过田晓霞等人的努力，孙少平得到了一份新工作——去煤矿当工人。他的生活一下子就被生活的朝阳照得通彻明亮。

在《平凡的世界》第二部里，路遥着重描写了年轻人在面对挫折时百折不挠的精神，以及生活给予真正的勇者的回馈。

孙少安的前女友田润叶嫁给了一名司机，名叫李向前，她不爱自己的丈夫，故意离家到团地委工作。李向前受不了妻子的冷暴力，只能借酒消愁，有一次酒后驾车发生车祸，变成了残疾人。

李向前主动提出离婚，让田润叶去自由地寻找她的幸福。本性善良的田润叶一改之前的冷漠，回到丈夫身边，边工作边照顾他。田润叶不断地安慰李向前，给他生活的勇气与希望。李向前虽然紧闭双眼，静默无语，内心却像狂潮般翻涌，带着幸福，聆听田润叶天使般的声音。本来冷若冰窖的家庭，从此有了生气。

路遥在书中写道：

生活啊，生活！你有多少苦难，又有多少甘甜！天空不会永远阴暗，当乌云退尽的时候，蓝天上灿烂的阳光就会照亮大地。青草照样会鲜绿无比，花朵仍然会蓬勃开放。我们祝福普天下所有在感情上历经千辛万苦的人们，最后终于能获得幸福！

此外，路遥延续了充满诗意的笔法，在感慨大自然和黄土地对人们的照拂时，每一句话都直冲读者的心扉。

农民啊，他们一生的诗情都在这土地上！每一次充满希望的耕耘和播种,每一次沉甸甸的收割和获取,都给人带来多么大的满足!

晚风和树叶在谈心,发出一些人所不能理解的细微声响……

就连对春天的爱抚不很敏感的枣树,也开始生出了嫩芽……

《平凡的世界》第二部完成后,路遥将手稿投给了《花城》杂志,由于各种原因没能发表,最后发表在了《黄河》杂志上,几年后又出版了图书。

114　中华先锋人物故事汇　路遥

# 用生命孕育一部大书

一九八七年秋，路遥经过休整，体力精力都恢复了一些，他立刻赶往陕北榆林的一家宾馆，投入到《平凡的世界》第三部的创作中。

但其实，他内心很清楚，自己的身体已经不行了，心口总像压了一块大石头，喘不上来气。每天写完三千字，他就会大口大口地喘气，身体状况已大不如前。

路遥走到了和偶像柳青一样的人生十字路口。弟弟王天乐和朋友都劝路遥不要心急，等养好身体再说，但路遥已经决定，他要和柳青一样，与时间赛跑，在有生之年写完一部大书。

衰弱的身体仿佛一个倒计时时钟，时刻鞭策着路遥,让他更加全身心地投入到写作中。

一天,路遥突然哭着给远在洛川采访的弟弟王天乐打电话,让他快来,说有人死了。弟弟接到电话吓坏了,扔下好不容易才得到的采访机会,心急火燎地赶往四百公里外的榆林。到了之后,王天乐发现哥哥好好的,只是眼睛红肿,哭得像个泪人。

王天乐问路遥:"你电话里说谁死了?"

"田晓霞死了。"原来路遥写得太投入,是在为书中人物的离世悲痛。

路遥冷静下来后,觉得很不好意思。"我要把《平凡的世界》第三部写得更好,给陕北人民和柳青老师交一份满意的答卷。"他对弟弟说,"我以后还要写出更大的作品,真正向诺贝尔文学奖进军。那时,一定带你去瑞典领奖。"

和路遥的雄心形成对比的是,他的身体每况愈下,精神也越来越难以集中。在身体最衰弱时,他连拿起笔的力气都没有,只能歪着身子,用桌子撑着身体,艰难地写下去。有时,他的眼睛模糊了,泪水不自觉地流出来,他只允许自己微微合上眼皮稍事休息,然后再继续写下去。

这时，给路遥勇气和希望的，依旧是骨子里钢铁般的意志和坚定不移的信念。《钢铁是怎样炼成的》曾经在路遥的年少时期激励过他，书中的名言如今依然滋养着他的意志。

即使生活到了难以忍受的地步，也要善于生活，并使生活有益而充实。

要竭尽全力，使生命变得有益于他人。

心中有强大动力的人是战无不胜的！

人最宝贵的是生命。生命属于人只有一次。人的一生应当这样度过：当他回首往事的时候，不会因为碌碌无为、虚度年华而悔恨，也不会因为为人卑劣、生活庸俗而愧疚。

那段时间里，支撑路遥写下去的，还有《平凡的世界》广播剧的热播。一九八八年三月二十七日，中央人民广播电台开始播放《平凡的世界》第一部的广播剧，因为广受好评，先后播出了三次，直接听众超过三亿人。

创作《平凡的世界》第三部期间，路遥每天午饭后一边听自己的作品，一边构思笔下的故事。

一九八八年五月二十五日，路遥终于完成了《平凡的世界》的全部创作，为这部百万字大书画上了一个圆满的句号。

作为系列小说的完结篇，《平凡的世界》第三部一共有五十四章，讲的主要是一九八二年到一九八五年，改革浪潮中出现的一幕幕悲喜剧。故事的主角们经历了波澜壮阔的人生，双水村乃至全国也都发生了翻天覆地的变化。

在前两部小说中，弟弟孙少平经受了各种艰苦磨难，可当他进入煤矿以后，才真正体验到了熔炉般的岁月。煤矿工人不是弱者的职业，受伤是家常便饭，需要吃苦耐劳、勇敢无畏的牺牲精神，是"吃钢咬铁的男子汉"。

孙少平在艰苦的环境中感受到了伟大的友爱与温暖，身边人都给了他不少关爱。师傅为了救他，甚至献出了自己的生命。这一切触发了孙少平对人生的反思。

他知道，人的痛苦只能在生活和劳动中慢慢消磨掉。劳动，在这样的时候不仅仅是生活的要求，而且是自身的需要。没有什么灵丹妙药比得上劳动更能医治人的精神创伤了。

同时，田晓霞与孙少平的爱也茁壮成长起来。有一次，田晓霞来煤矿看孙少平。刚从黑暗的煤矿井底爬上来的孙少平，见到日思夜想的田晓霞时，忍不住泪水长流。

泪水不知什么时间悄悄涌出了他的眼睛，在染满煤尘的脸颊上静静流淌。这热的河流淌过黑色大地，淌过六月金黄的阳光，澎湃激荡地拍打她的胸膛，一直涌向她的心间……

不幸的是，两个人的幸福没有维持多久。在一次抗洪救灾中，田晓霞牺牲了。这对孙少平来说，是致命的打击。孙少平经过内心的痛苦煎熬，最终重新振作起来，并对生命有了新的感悟。

有时候，在黑暗的井下，他和同伴们在死亡的威胁中完成了一天的任务，然后拖着疲惫的双腿摇摇晃晃走出巷道，升上阳光灿烂的地面，他竟忍不住两眼泪水濛濛。是啊，他们有理由为自己的劳动自豪。尽管外面的世界很少有人想到他们的存在，但他们给这世界带来的是力量和光明。生活中真正的勇士向来默默无闻，喧哗不止的永远是自视高贵的一群。只不过，这些满脸黑汗的人，从来不这样想自己，也不这样想别人。劳动对他们来说是一件惯常的事：他们不挖煤叫谁挖呢？而这个世界又离不开这些黑东西……

故事的最后，孙少平放弃了在大城市工作的机会，留在煤矿照顾师傅的遗孀，守护自己的信仰。

哥哥孙少安的砖厂生意蒸蒸日上，但他用错了人，出现了严重的技术问题，损失巨大。好在有县领导和朋友帮助，挽回了损失。

孙少安成了致富帮富、热衷公益的模范人物。在妻子贺秀莲的大力支持下，孙少安主动捐款，修建了地震灾后的校舍。

在表彰孙少安夫妇的大会上，县领导亲自颁

奖，孙少安在荣耀加身的时刻，深刻地感受到，光荣的背后藏着无数不为人知的辛酸，而生活也总是不能顺遂如愿，就在这时，他的妻子贺秀莲确诊患了肺癌。

小说中的其他人物都收获了人生的喜乐。田润叶明白了爱情需要建立在坚实的生活基础上，她与丈夫生了个胖儿子，过上了平凡又幸福的生活；田润生与郝红梅的婚事也终于得到了父亲的同意，两人还有了一个可爱的女儿。

《平凡的世界》聚焦奋斗挣扎在生存线上的底层百姓和普通人，皇皇百万字写尽人间苦痛，以及所有苦痛都遮挡不住的人性光辉——善良、纯朴、自然、勤劳、美好，永远怀揣希望与梦想。

# 对女儿的爱与亏欠

路遥除了是一个作家,还是一个爱女儿的父亲。

路遥的女儿生于一九七九年,最初取名路远,后来改为路茗茗。

因为忙于写作,路遥没有多少时间陪伴女儿。为完成长篇小说,路遥经常一个人到外地调研,然后再躲起来苦思冥想、奋笔疾书,多年顾不上照顾女儿。为此,他常常陷入对女儿的思念,特别是过年过节时,更是无法抑止。

"当你从荒原上长时间流浪后重返大城市,在很远的地方望见它的轮廓,内心就会有许多温暖升起。最重要的是,无论是好是坏,这里有你的家。想着马上就要看见亲爱的女儿,两腿都有点发软。"路遥喜欢用"亲爱的女儿"表达自己对孩子的思念之情,他还曾经写道:"孩子,我深深地爱你,这肯定胜过爱我自己。"

为数不多的在家时光,路遥几乎都用来陪伴女儿。路遥曾坦言,自己对女儿有些溺爱,他反思说:"孩子要啥就给买啥,这显然不合教育之道,但又无法克制。之所以这样做,是因为自己小时候吃的苦太多了。"

除了物质,路遥更希望将精神力量传给女儿。他表示:"女儿是个坚强的孩子。"

在接受记者采访时,路遥谈到女儿内向,希望她能成为自己,只要快乐、独立、坚强就可以。他反对过于机械地教育孩子,比如一个字抄一百遍。路遥觉得,要给孩子自由,养成自然的天性,有活力,真诚,有爱心。路遥曾给《家庭教育》杂志题了这样一句话:要大树的美,不要盆景的美。

路遥希望女儿能理解,爸爸为什么因写作不能与她相聚。为此,他在忙于创作时,特意写下一些寄托深沉父爱的文字。

对于孩子的想念是经常性的，而不仅仅因为今天是元旦。在这些漫长的外出奔波的年月里，我随身经常带着两张女儿的照片。每到一地，在摆布工作间的各种材料之前，先要把这两张照片拿出来，放在最显眼的地方，以便我一抬头就能看见她。即使停笔间隙的一两分钟内，我也会把目光落在这两张照片上。这是她所有照片中我最喜欢的两张。一张她站在椅子上快乐而腼腆地笑着，怀里抱着她的洋娃娃。一张是在乾陵的地摊上拍摄的，我抱着她，骑在一峰打扮得花花绿绿的大骆驼上。

远处传来模糊的爆竹声。我用手掌揩去满脸的泪水，开始像往常一样拿起了笔。我感到血在全身涌动，感到了一种人生的悲壮。我要用最严肃的态度进行这一天的工作，用自己血汗凝结的乐章，献给远方亲爱的女儿。

女儿始终是路遥的牵挂，令人欣慰的是，路茗茗像父亲爱她一样，深深地敬爱着自己的父亲，并如路遥所愿地成长为有志气、有骨气、有精气神的人。

"父亲曾说过爱我胜过爱他自己。我的心和他的心是一样的！他心里是怎么爱我，我也是怎么爱他，也远胜过爱我自己。所以我完全明白父亲对我的爱，与父亲之间的深厚感情是天然的连接，不需要什么事例来证明，也无需言语来对外描述，在我心里，与父亲的感情非常简单纯粹。"路茗茗说，"如今我已成人，生活在现代化的时代，虽然外部环境和物质条件，是父辈们当年的生活环境所完全不可比拟的，但我觉得从过去到今天，人们面对生活所遇到的种种困难和问题、在精神上所产生的困惑，其实本质都是一样的，也正是因此，父亲作品中所饱含的温暖和力量，并不会随着时间的流逝、地域的迁转而淡薄，依然能够让我们从中汲取能量。我从父亲的身上，从他的眼里看到的就是他对待这个世界的胸怀与热爱。父亲关注这片土地，热爱这片土地。他的一切都让我非常佩服，希望父亲的精神一直引导我的人生之路，给自己勇气和力量。"

对女儿的爱与亏欠

# 获得茅盾文学奖

写完《平凡的世界》，路遥进入一个相对平顺的时期。他的生活、工作、创作都放慢了步调，像一个暂时休假的战士。

《平凡的世界》广播剧一经推出，很快传遍大江南北，路遥也很快成为家喻户晓的人物，仅读者来信就收到五千多封。

一九八九年一月，路遥计划以新姿态投入下一次创作中。他写道："今后，准备继续深入生活，集中一段时间，更深入地研究中国历史和世界历史，广泛研究西方现代派艺术源流，以此确立自己的下阶段创作。让自己用自我教育的方式，保持劳动的正确态度进行写作，抱着庄严献身精神，好好下苦功夫。"

这一时期,路遥曾到多地采风。一九八九年七月,他来到黄河壶口看瀑布,看到激流勇进的浪头,听到大水发出的轰鸣,又一次感到震撼,受到鼓舞。在与诗人尚飞鹏一起回来的路上,路遥唱起了陕北民歌。他此时的声音不大,但雄壮浑厚。

一九九一年,经过两年多的评审,《平凡的世界》获得第三届茅盾文学奖,得票数位居榜首。

在获奖致辞中,路遥是这样说的:

……获奖并不意味着作品的完全成功。对于作家来说,他们的劳动成果不仅要接受当代眼光的评估,还要经受历史眼光的审视。

……我们的责任不是为自己或少数人写作,而是应该全心全意全力满足广大人民大众的精神需要……人民是我们的母亲,生活是艺术的源泉。人民生活的大树万古长青,我们栖息于它的枝头就会情不自禁为此歌唱。

只有不丧失普通劳动者的感觉,我们才有可能把握社会历史进程的主流,才有可能创造出真正有价值的艺术品。因此，全身心地投入到生活之中，在无数胼手胝足创造伟大历史、伟大现实、伟大未来的劳动人民身上，领悟人生的大境界、艺术的大境界应该是我们毕生的追求。

因此，对我们来说，今天的这个地方就不应该是终点，而应该是一个新的起点。

从路遥富于诗意和哲理的话中，我们不难体会到，他想通过《平凡的世界》表达"平凡中的伟大"和"伟大中的平凡"，这也是闪闪发光的"黄土地精神"。

# 英年早逝

一九九一年底,路遥的身体每况愈下。

路遥在给朋友的一封信的末尾,有这样一句话:"我最近在埋头写一个随笔。身体状况也不好,时有悲观、悲伤、悲痛之情默然而生。"随笔是《早晨从中午开始》,"悲"从中来的原因是身体不好。

一九九二年七月中旬,路遥发起高烧,被助理航宇等人送到商业职工医院。八月六日,路遥住进延安市人民医院。九日,他第三次昏迷,被诊断为肝硬化,乙肝活动性半腹水,病情严重。

住院后,路遥想见贾平凹。两人见面后,都无言以对,还是路遥先开口:"你看我这副熊样子,你要多保重啊！"贾平凹默默地从病房退出来，一个人蹲在楼外的墙角，放声大哭起来。

八月二十八日下午，失眠七天七夜的路遥病情极度恶化，三十九点八摄氏度的高烧把他折腾得在床上打滚。医院和陕西作协建议转院。

九月五日，路遥被转到西安西京医院。此时，路遥的肚子肿得又高又大，脸黄得有些发亮，滴水不进，经常昏迷。他的头发长而乱，穿着一件老式运动衣。六日，医院下了病危通知书。不过路遥的病情在随后的治疗中略有好转，能吃饭了，腹水渐渐减少，情绪也稳定多了。

随后的日子，路遥的病情时好时坏。其间，他做了两件事：一是于九月十九日，拜托朋友领一千元稿费转交给妻子；二是十一月一日，北京的一位作家来医院看望时，路遥将女儿茗茗托付给他，因为女儿以后要到北京生活了。

十一月十七日，路遥对身边最小的弟弟王天笑重复说："爸爸、妈妈可重要哩，爸爸妈妈可亲哩。"上午八点二十分，路遥的心跳停止了，享年四十二岁。

当路遥病逝的消息登上报纸时，他的女儿还不知道，她正在街上给爸爸买音乐卡，准备给爸爸祝贺生日——十二月二日是路遥的生日。

女儿已经很久没见到爸爸了，那时的她心里想的是：爸爸平时写作忙，过生日总该回来了吧？路遥遗体告别仪式举行的那天，女儿发出撕心裂肺的哀号，一定要再看看爸爸，将自己给爸爸亲手制作的生日贺卡，放到他的胸前。

路遥离开后，他的作品代替他继续在人间耕耘，他藏在字里行间的"黄土地精神"给一代代读者送去与命运搏击的力量。

二〇〇八年，新浪网做了一个"读者最喜欢的茅盾文学奖获奖作品"调查，路遥的《平凡的世界》以71.46%的得票率位居榜首。

二〇〇九年，《人生》入选《中华读书报》评选的"六十年六十书"，《平凡的世界》入选中国社会科学院文学研究所主持编写的《六十年与六十部——共和国文学档案》。

二〇一一年，路遥纪念馆在路遥的出生地——陕西省清涧县石嘴驿镇王家堡村开馆。

二〇一二年，在"文明中国"全民阅读活动中，《平凡的世界》支持率超过《红楼梦》，位居"二〇一二年读者最想读的图书"榜单第二。同年，在由北京市委宣传部等十七家单位组织的大众有奖荐书活动中，《平凡的世界》荣登榜首。

二〇一八年十二月，中共中央、国务院召开庆祝改革开放四十周年大会，路遥作为"鼓舞亿万农村青年投身改革开放的优秀作家"，荣获"改革先锋"称号。

二〇一九年九月，《平凡的世界》入选"新中国七十年七十部长篇小说典藏"。同月，路遥被评选为"最美奋斗者"。

这是路遥的光荣，也是作家的光荣，还是他的家人的光荣，更是他笔下的土地、人民的光荣。病魔无情地夺走了路遥年轻的生命，但他的精神始终感染和鼓舞着一代又一代人，特别是在社会底层拼搏奋斗、自强不息的人们。